一笑

古龍自署

國際學術研討會

古龍武俠小說 領先時代半世紀

【記者賴素鈴／報導】江湖代有才人出，這廂古龍凋零二十載，那廂今朝懸賞百萬獎新秀，浪淘不盡，唯有武俠熱愛，不隨時間變易，在學術研討會上更見分明。以「一代鬼才：古龍與武俠小說」爲主題，淡江大學第九屆文學與美學國際學術研討會昨起在國家圖書館，展開爲期兩天的議程，紀念武俠小說家古龍逝世二十周年，新生代學者與古龍故舊齊聚一堂，以文論劍話武俠。

日前與淡大中文系教授林保淳共同發表《台灣武俠小說發展史》，武俠小說評論家葉洪生昨天在專題演講中，直批胡適1959年底發表「武俠小說下流論」是「胡說」，學界泰斗的不當發言以及隨即展開的「暴雨專案」，反而促成1960年起台灣武俠新秀的繁興，「武俠小說迷人的地方，恰恰在門道之上。」，葉洪生認定，武俠小說審美四原則在文筆、意構、雜學、原創性，他強調：「武俠小說，是一種『上流美』。」

集多年心血完成《台灣武俠小說發展史》，葉洪生認爲他已爲從十歲起迷上武俠小說的半世紀畫上完美句點，並且宣布他「以後決心退出武俠論壇，封劍退隱江湖」。

雖然葉洪生回顧武俠小說名家此起彼落，套太史公名言「固一世之雄也，而今安在哉？」，認爲這是值得深思的嚴肅課題，昨天意外現身研討會而備受矚目的溫世禮，則爲了紀念同是武俠迷的哥哥溫世仁，推出第一屆「溫世仁武俠小說百萬大賞」，即日起至今年10月3日截止收件，經兩階段評選後於明年12月7日公布首獎得主，預料將會是一場武林新秀的龍虎爭霸戰。

看明日誰領風騷？風雲時代出版社發行人陳曉林眼中的古龍，其實領先他的時代半世紀，以致如今雖然古龍逝世20年，陳曉林認爲大家對古龍的了解仍然有限，預言未來世代更能和古龍的後設風格共鳴。

昨天這場研討會，也凸顯武俠小說作爲一項文學研究門類，仍有待開發學習空間。多位與會者都指出，武俠小說的發表、出版方式和管道具考證難度，學術理論與論文格式的建立待加強。而武俠名家的版權之爭、市場競爭力，也增加出版推廣困難，古龍武俠小說的版權糾紛、司馬翎作品的版權官司也成爲研討會的場外話題。

與

武俠小說

第九屆文學與美
一代鬼
古

古龍兄為人慷慨豪邁，跌蕩自如，變化多端，文如其人，且復多奇氣，惜英年早逝，余與古兄當年交好，且喜讀其書，今既不見其人，又無新作可讀，深自惋惜。

金庸

一九九六．十．十一．香港

古龍

古龍

真品絕版復刻

12

飄香劍雨

中

古龍 著

古龍真品絕版復刻說明

由於版權限制之故，本專輯「古龍真品絕版復刻」所集六種古龍最早期武俠作品，在台灣已絕版很多年，而本版推出後也不會再印行問世，故稱「絕版復刻」。此版本限量發行，只以饗有緣人。

殘金缺玉，碎鑽散翠，卻可由此透視後來光芒萬丈、膾炙人口的古龍武俠諸名著，其最根柢處的靈氣之源和俠情之始。凡對古龍作品有真正興趣、愛好的讀友，必會收存這個專輯，並可由此看出：當古龍將這些金玉鑽翠串綴起來時，是何等的璀燦奪目？

目錄

目錄

第卅一章　瀟湘妃子

方才那絕豔女子一進來，伊風就覺得有些眼熟，此刻聽了蕭南的話，心中已猜出此人是誰。再看見蕭南笑聲明朗，雙目中也滿含笑意，只是面上仍沒有一絲表情。想到那阮大成所說滿含「醋意」的話，心下立時恍然大悟：「原來這蕭南卻是瀟湘妃子蕭南蘋，怪不得阮大成一副神魂顛倒的樣子，也難怪她易釵而弁，我竟然看不出來。若換是別人，當然奇怪；可是這蕭三爺的愛女化了裝，別說我看不出來，恐怕誰也看不出來。」

他眼睛一望那豔裝女子，忖道：「這個一定就是武林第一火器名家火神爺的愛妻『辣手西施』谷曉靜了，我和她倒見過一面，不知她還認不認得出我來？奇怪的是：這景東一個小地方，怎會住著鼎鼎大名的『武林四美』中的後兩位，又偏偏讓我碰著了。」

他腦中一陣混亂，又想到他的妻子「銷魂夫人」。原來那蕭南，果然就是昔年以易容之術，及獨門暗器揚名天下的蕭旭蕭三爺的愛女瀟湘妃子。而那豔裝女子也不出伊風所料，是火神爺姚清宇的愛妻辣手西施谷曉靜。

昔年「武林四美」名噪天下：這「武林四美」中的頭一位，就是伊風的妻子「銷魂夫人」。

再加上瀟湘妃子蕭南蘋，辣手西施谷曉靜和崑崙掌門的愛女——崑崙玉女崔佩，就是被江湖中人豔稱的「武林四美」。

後來銷魂夫人嫁給了鐵戟溫侯，隱居江南；辣手西施谷曉靜嫁給了武林中使火器的第一名家姚清宇；瀟湘妃子卻因為追求之人太多，而她卻冷若冰霜，將不少動她腦筋的江湖豪客，傷在她「迴風舞柳」劍下，而引起武林中的不滿後，也漸銷聲滅跡；崑崙玉女崔佩，卻也突然在武林中失去了蹤跡。

於是赫赫一時的「武林四美」，就漸漸在武林中極少被人提起。

哪知伊風此番遠赴滇中，卻在這山城裡遇著了「武林四美」中的兩位。辣手西施和銷魂夫人，原是素識。伊風昔日和他的妻子暢遊五嶽時，在泰山玉皇頂上，曾和他們夫婦見過一面。

此刻他心中忐忑，生怕谷曉靜認出了他，悄悄轉過臉去。因為他詐死之後，在江湖上已成了個見不得人的「黑人」了。

谷曉靜嬌笑不休，眼波仍轉，見到阮大成，又輕喚了一聲，向蕭南蘋道：「這又是你的傑作吧？人家都說我『辣手』，可是我看呀，我這『辣手』兩個字的外號，倒不如轉送給你還好些。」嬌聲一笑，又道：「快把你小寶劍上的兩隻耳朵拿下來，鮮血淋淋的怕死人了！」

蕭南蘋一抿嘴，笑道：「你別客氣了吧，想當年你把人家的腦袋挑在寶劍上，也沒有說什麼怕死人了，現在怎麼啦？突然大慈大悲了呀？」

伊風站在窗口，留又不是，走又不是，不知道該怎麼樣好，不禁暗罵自己的多事：「好生生地從床上爬起來，蹚這趟渾水幹什麼？」

谷曉靜卻走到他身側，笑道：「喂，小兄弟，你貴姓呀？怎麼我看你像是面熟得很？」

伊風唯唯而應，不敢答腔。

阮大成也不是白癡，受到如此冷落，心裡自然大大不是滋味，看了蕭南蘋一眼，粗聲粗氣地道：「蕭姑娘！我這樣對你，你這樣對我！唉，我啥子都沒得說的！你說要試試我的心，好！我的耳朵都被你削掉了，你還是……唉！只怪我阮大成生得醜陋，我……我走了。」

他越說越不是味，說到後來，聲音裡竟帶著哭腔，一轉身，「噔噔噔」，朝門外大步走了出去，蕭南蘋動也不動地望著他。

伊風見他魁偉的背影消失大門外，卻聽蕭南蘋啐道：「癩蛤蟆！」

伊風不禁不屑地望了她一眼，覺得阮大成雖然可憐，卻也替男人丟盡了臉，兩道劍眉，皺到一處，不滿之情，溢於言表。

谷曉靜眼珠一轉，看到他臉上的表情，俏歎了一聲，道：「這也不能怪蕭家妹子，這年頭有些男子，你不這樣對付他們，他們就自以為蠻不錯的，像蒼蠅似的叮在你後面，確實討厭！」她嬌笑一下：「要是天下的男人都像你，那就沒事了。」

伊風臉一紅，想到自己以前不也是整天跟在銷魂夫人後面，心裡有些不自在，大有後悔自己以前也丟了人的意思。

蕭南蘋一笑，道：「你們一個姑娘，一個妹子的，把我叫得也裝不成男人了。」

伸手在臉上一抹，一個絕美的面容，便奇蹟般地出現了。

伊風眼前又一亮，大為讚服那「蕭三爺」的易容之術，忖道：「難怪蕭三爺以前曾以十一個名字出現江湖，而且若不是他自己在武林大會上，自己宣佈了出來，江湖上誰也不知道這十一個人，其實只是一個人。現在從他女兒身上，就可以看出他易容術的神妙了。」

眼光卻不自覺地，又瞟到蕭南蘋身上。

谷曉靜笑道：「你們在這裡坐一下，我去替你們弄些粥來。」

她輕歎了口氣：「姚老二這些年來身體越發壞了，到現在還沒有起來。」

蕭南蘋「噗哧」一笑，道：「小姐夫還在睡呀，他跟你在一起這麼些年，身體要是還不壞，那才是沒有道理了哩！」

說到這裡，她的臉也不禁紅了起來，谷曉靜笑著跑過去打她，一面俏罵道：「看你這張缺德嘴，將來誰要是娶了你，準保比鐵戟溫侯呂南人還要倒楣！」

伊風暗暗長歎了一聲，江湖中人竟將他比作倒楣的對象，他不禁有些自憐，也有些自責，覺得在這裡再也待不下去了，拱手道：「谷姑娘！不用麻煩了！」

他話尚未說完，卻被谷曉靜打斷了話頭，用那一雙明如秋水的眼睛，上下打量著他，一面笑道：「咦！你怎麼知道我姓谷！」

眼睛一眨：「喂！我看你越發面熟，我們以前是曾在什麼地方見過面吧？我想想看……」

伊風一驚，連忙道：「小可的確沒有這份榮幸見過姑娘，只是『辣手西施』名滿天下，小可也曾常常聽到過姑娘的名字，所以才知道的。」

谷曉靜「哦」了一聲，仍然有些不相信的意思，低著頭不知在想什麼。

伊風暗忖：「我早該走了的，等一下那火神爺若也到此間來，那就一定認得我了。我詐死之事若傳出江湖，非但是個笑話，天爭教勢必又要再來搜尋我，那我連安心靜練武功都不能夠了。」

他越想越覺此行實在冤枉，身子一轉，先走到門口，才拱手道：「小可無狀，打擾了兩位許久，實在該死，日後再來謝罪吧！」

話一說完，不等人家的答覆，轉頭急急向外走去。

他卻沒有想到，他這麼一來，是否會更引起人家的懷疑？

走到園中，滿園的花木，此刻大半凋零；園側的半池芰荷，更剩了斷梗殘枝。積雪未融，新霜跡在；寒風吹過，寒飆襲人。

他大步而行，當然不會有心情來領略這殘冬的小園景色。

眼角動處，看到牆角有個朱紅的小門，連忙走了過去。

第卅二章　洩露行藏

他疾步而行，哪知在他距離那小門還有幾步的時候，突然身側「嗖嗖」兩道風聲掠了過去。

他定眼一看，那辣手西施和瀟湘妃子竟施展身法，掠到了他的前面，堵在那小門的門口，似笑非笑地望著他。

他又一驚，不知道這兩人是何用意。哪知谷曉靜卻指著他笑道：「你別走！我想起你是誰了，你就是鐵戟溫侯呂南人。」

伊風連忙道：「姑娘認錯了人吧？」

谷曉靜咯咯笑道：「你別急！我才不會認錯人呢。那年在泰山玉皇頂上，我看見過你，現在才想起來——」

伊風惶急之下，一塌腰，向上掠去，想一溜了之。

谷曉靜笑道：「你跑什麼？」

柳腰一扭，也迎了上來。

伊風在空中一轉勢，右掌竟向谷曉靜劈去，身形卻努力向左一扭，想越牆而去。

哪知又是一聲厲喝：「什麼人在此撒野？」

伊風來不及回頭去看，只覺有一縷勁風，擊向自己的左脅。風聲銳利，顯見得這發暗器之人手勁極大。

伊風在空中已轉過一勢，此刻已是強弩之末，再也無法在空中借力轉折，而那暗器也眼看就要打在他的身上。

就在這間不容髮的一剎那間，他只聽到「啵」一聲，左側溜起一溜藍色的火焰，原來有人也用暗器將擊向他的暗器擊落了。

他心頭一凜，知道擊向自己的暗器，正是江湖上聞名喪膽的「火神珠」。

心神一分之下，擊向谷曉靜的右掌當然落空。

他知道自己已無法溜出此間，只得提著氣輕飄飄地落到地下。一個五短身材的漢子飛快地掠了過來，口中大喝道：「蕭大妹子！你怎的將我的暗器擊落了？」

身形一頓，停在伊風對面，正自揚掌待擊，看到伊風的面容，忽地「呀」地叫了出來。

這身材矮胖的漢子，自然就是火神爺姚清宇了，他驚喚之後，道：「你不是呂南人呂老弟嗎？怎會跑到這裡來，好極！好極！」

他大笑幾聲，走過去拉著伊風的臂膀，一面說道：「武林中都傳說你死了，我可不相信，就憑你寒鐵雙戟上的功夫，難道還會讓別人占了便宜！我就想你一定是在玩花樣……」

他又極為豪爽地大笑了兩聲，拍著伊風的肩頭朗聲笑道：「快進去坐！快進去坐！我們老哥兒倆倒得好好談談。」

伊風唯唯應著，心中老大不是滋味。他和這火神爺姚清宇雖見過數面，但卻不是深交，此刻人家這麼熱情地招呼他，他當然高興。但是他行藏一露，後患無窮，又令他頗不自在。

谷曉靜也走過來笑道：「剛才他還藏頭露尾的，生怕別人知道他沒死。喂！我說呂老弟呀！你堂堂一個成名露臉的英雄，可不能這麼著！有什麼好怕的？你老婆丟了你的人，你可不能再替自己丟人啦！」

伊風——他自誓不能雪恥，就不再以呂南人的名字出現人世，是以我們此刻也只得還稱呼他這個名字——此刻他的心中，像是打翻了五味瓶，亂七八糟的什麼滋味都有。

雖然他知道這姚清宇夫婦都是性情人物，但自己的行蹤洩露，仍使他不安；而這種不安中，又有對他們夫婦這種熱情的感激。聽了谷曉靜的話，卻又有些慚愧；想到自己的妻子，又有些羞怒。

於是他在清晨凜冽的寒風裡愕住了，腦中混混沌沌的。

直到姚清宇將他拉入了前房的客廳，安排他坐在一張寬大的紫檀木椅上，他腦中的那種混沌的感覺，仍然未曾完全消失。

他隨口應著他們向他問著的話。驟然接觸到這些和他以前的那一段日子有著密切關係的人，他覺得奇怪的不安。

因為這兩年來，他幾乎已將以往的那一段日子，完全忘卻了。

他隨時告訴自己：自己只是伊風，只是江湖上一個無名無姓的人；而絕不是曾在江湖上顯赫過一時的鐵戟溫侯呂南人。

而他也確乎忘記了自己，直到此刻，他驟然又被人家拉回到以往的時日中去，因為這些人只知道他是呂南人，也都只把他當作呂南人看。

他自憐地一笑，暗忖著：「他們把我看作什麼？看作一個連自己妻子都看不住的可憐蟲？」

在姚清宇那些人問著他話的時候，他失魂落魄的樣子，使得姚清宇等三人，表面上雖在笑著，心中也在為他歎息。

尤其是蕭南蘋，她的一雙明眸，自始至終，就始終望著他的臉，他雖然對她很冷漠，甚至可以說是很輕蔑；但她卻莫名其妙地對他起了好感，而且竟是她從未有過的好感。

姚清宇豪爽地笑道：「呂老弟！你先在這裡住幾天，讓我帶你散散心。你放心好了，你的行蹤不願被別人知道，我們也絕不會對別人說的。」

伊風感激地一笑，道：「多謝姚大哥的盛意，只是小弟實在因著急事，要趕到終南山去。」

姚清宇「咦」了一聲，有些驚訝地說道：「你也要到終南山？」手一撫額，又沉吟道：「可是終南山的會期，離現在還有半個月呀。我準備過幾天才動身，你那麼急幹什麼？難道你先趕到終南山去，還有著什麼別的事嗎？」

伊風卻一驚，問道：「什麼會期？」

聽了「會期」兩字，他大驚，以為是「超度亡魂」那一類的會期。「難道終南弟子已等不及我，全死了？」

姚清宇微怔道：「你難道不知道？」

他微頓又道：「終南山不知道出了什麼變故，掌門人玄門一鶴突然死了，終南弟子柬邀天下武材，在二月廿四日花朝節那一天，重選終南掌門。我也接到請柬了，是昨天晚上由終南弟子騎著快馬送到的。」

他微喟又道：「最奇怪的是：我問那個終南弟子『掌門人是怎麼死的？』他卻支支吾吾地不肯說。我問他死了多久。他卻說才死了兩天。掌門才死了兩天，就急著另選掌門，而且這終南弟子既未戴黑，也沒有半點悲戚之容，我就覺得事情大有蹊蹺呢！」

伊風聽完，又怔住了。

他弄不懂身中不治之毒的終南子弟，為什麼都沒有死，死的卻是沒有中毒的終南掌門。

他知道在自己離開終南山的這一段時間裡，終南山一定又生出巨變。「但是什麼變故呢？」他卻又茫然。

他想到孫敏母女：「不知道她們還在不在那裡了？」心中竟然非常關心，他自己也不明瞭自己這種關心的由來。

一時之間，他腦海中轉呀轉的，竟然都是孫敏那親切的目光，親切的笑容。於是他連忙強制著自己，不敢再想下去。

一抬頭，卻和蕭南蘋的目光碰個正著。

他久經世故，當然知道蕭南蘋目光中的含意，心中不禁升起了一種奇怪的想法。

他暗笑自己，他之一生，許多重要的轉變，都是因著女人。

「女人……」他茫然地笑了。

含著笑意的目光，卻平視著仍在向他注視著的蕭南蘋。

「我該留下來呢，抑或是離去？」他反覆地問著自己。

有許多種理由認為他該留下來。

又有許多理由，認為他該離去。

他當然是因為他已經確信終南中毒弟子，都已獲得解救，而並未等待他的解藥之故。

「但為什麼呢？」他又有探索終南山，到底發生了何種變化的好奇心，以及對某些人渴欲一見的心情，這是他亟欲離此的理由。

他反覆探索著，彷彿已知道：無論他決定離去或留下，都是他這一生極重要的一步。

第卅三章　溫柔之鄉

伊風正深陷於他去留之間的矛盾中，辣手西施瞟了蕭南蘋一眼，轉向他「噗哧」笑道：「要麼你就痛痛快快地留在這裡，要麼你就痛痛快快地說走，一個男子漢大丈夫做事怎麼婆婆媽媽的？」

火神爺姚清宇也朗聲一笑，道：「老弟！你我一見如故，咱們這兩天，可要好好盤桓盤桓，要是你老弟再推辭的話，可就顯得瞧不起我了。」

他笑聲爽朗：「過幾天，你我一起去終南山。哈哈！大約又是場熱鬧，聽說有許多人都要藉著這機會去露露面哩！」

須知一門一派的掌門人，大多是承繼的，這種推舉掌門人大會，定是有著特別緣故，在武林中並不多見，而這種龍蛇混集的場合，也並不只是選選掌門人那麼單純，定有許多事故發生。是以火神爺笑道：「定有熱鬧好看。」

伊風卻沉吟半晌，歎道：「小弟原想在會期之前，趕到終南，因為……」

他又長歎一聲：「小弟曾誓言，如不雪恥，再也不以『呂南人』之身分出現……」

谷曉靜卻又「哦」了一聲，接口道：「你是怕人家認出你的真面目，奇怪你這死了的人怎麼又突然復活，是不是？」

她嬌笑一下，又道：「那你這真是多慮了，這還不好辦——」

她指了指始終凝視伊風的蕭南蘋，又道：「現成地放著這位蕭三爺的千金在這裡，只要她在你臉上動動手，我怕連你自己都不見得認得自己了。」

又是一連串的嬌笑。

火神爺一拍大腿，笑道：「還是你想得出來。」言下頗為激賞。

伊風在這種情形下，可也不能再說推辭的話，遂道：「如此只是麻煩蕭姑娘了。」

目光一轉，正和蕭南蘋的眼睛一觸，只覺她明如秋水的雙瞳裡，情意脈脈，心頭不禁一熱。

但萬千思潮，瞬即翻湧而起，竟忘了將目光移開了。

蕭南蘋粉頰上似乎微微一紅，低下頭去，輕輕說道：「這不算什麼。」火神爺放聲一笑，原來蕭南蘋此刻仍是男裝，做出這種小兒女羞答答的樣子來，實在有些滑稽。

谷曉靜也嬌笑著站起來，道：「這才像男子漢，你折騰了半夜，我去替你們整治些吃食去。」

春蕙般的纖指一指姚清宇，佯嗔著說道：「你坐在這裡幹什麼？還不快跟著我去幫忙。」

姚清宇先是一愕，但隨著他嬌妻的眼睛，朝蕭南蘋身上一轉，遂也瞬即瞭解了他嬌妻的用意，「哦哦」連聲地站了起來，一面搖頭做苦笑狀道：「你總是放不過我。」

轉首向著伊風：「老弟稍坐，我馬上來。」

伊風望著這一對夫妻的背影出神，思潮又不能自禁地回到江南，他自己那在蘇州城裡，曾經和這個家一樣安適、恬靜的家，想起了那一段，和這對夫婦一樣溫暖而愉快的生活。

於是他長歎了口氣。

目光轉到窗外，窗外是個並不太大的院子，院子裡一座花台，中間植著些芍藥，兩旁是天竺臘梅，和一些海棠、草花，因耐不住嚴冬而凋零得只剩枯萎的枝幹。

但是那天竺子，頂上仍有纍纍的結實，顏色那麼紅，配著翠色的葉子，更顯得那麼鮮豔，在這鮮花凋零已盡的季節裡，只有這天竺子仍傲然於西風裡，一枝獨盛。

人永遠無法脫離他舊時的回憶的，即使他能完全斬斷過去，但「過去」仍會像影子似的依附在他後面，一有機會，就侵向他的心。

伊風落寞地回過頭，他幾乎已忘記了這室中除了他之外，還有另一人存在，但他終究回到現實中來，終究看到了她。

那是一張滿含著同情與瞭解的美麗的臉，在這一瞬間，伊風突然發覺自己非常需要這份瞭解與同情，心中不禁又一動。

只是他久經憂患，心中的翻湧，並未在他的臉容上表露出來。

靜寂，使得風吹過的聲音，都可以聽得出來。

風中，有院中臘梅的清香氣息，伊風微微一笑，道：「蕭姑娘可喜歡梅花？」

蕭南蘋卻又展顏一笑，垂下頸去。此時的無聲，已勝卻千言萬語！

人們在寂寞的時候，最容易接受別人的情感，而伊風此刻正是寂寞的。

突然，又有一連串銀鈴般的嬌笑，打破了這靜寂。谷曉靜手中托著個大大的紅木盤子走了過來，一面笑著說道：「你們兩人別在這裡發呆了，快吃些熱粥擋擋寒氣。」

眼波一瞬，卻又「喲」了一聲，道：「我們這位女魔頭，怎麼臉都紅了，是他欺負了你是不是？」

蕭南蘋站起來一頓腳，不依道：「你再說，看我不撕爛你的嘴！」

臉卻越發紅了，目光竟不敢去看伊風。

然而眼角卻又在有意無意間，瞟他一眼。

伊風只覺得有迷惘，心裡又有些甜甜的，在此刻，他幾乎已全然忘記了過去。

他似乎已將生命切成兩段，像蚯蚓一樣，只保留著一段在生活著，在追逐著一些可以治癒自己創口的事物。

於是他就在這恬適的家庭中待了下去。

享受著他已久久未曾享受過的恬靜。

也領略著他久久未曾領略了的少女的眼波。

又過了兩天，火神爺家裡突然熱鬧起來。

蕭南蘋便從囊中取出一個面具來，薄薄的竟是人皮所製。這種「人皮面具」在江湖傳聞已久，但伊風可從來未看見過，此刻一看，毛骨不禁悚然。

那面具上有幾個小洞，想必是留下耳、鼻、目、口等幾個氣孔的地方，伊風雖然必須戴上這種人皮所製成的東西，心中難免有些噁心。

但蕭南蘋為他戴上後，又花了些工夫，在他面頰和面具之間，加了些東西，他自己對鏡一照，果然不認得自己了。

於是他就坦然走出大廳，去和那些到火神爺家中來拜訪的武林豪士見面，那其中自然也有伊風的素識，但誰也認不出他來。

經過這麼多天的相處，伊風和蕭南蘋之間，自然親密了許多。

這些武林豪士都在奇怪，這素來冷若冰霜的瀟湘妃子，怎地此刻卻會對一個在武林中藉藉無名的人如此青睞？

這些武林豪士絡繹不絕，一天總有十餘個到這火神爺家裡來，原來都是經過此間，往終南山去參加那推選終南掌門的盛會。

有幾個和姚清宇友情較深的，就留了下來，準備和姚清宇一齊上路。

但來的人雖然多，卻都是些草莽豪士，武林中九大宗派門下的弟子，卻一個也未見。

伊風微覺奇怪，但也並未在意。

此刻，他竟不再急著上終南山去，但會期日近，火神爺卻已在檢點行裝，準備動身了。

於是伊風也只得收拾精神，離開這溫柔之鄉。

但是蕭南蘋的倩倩人影，也隨著這段時日的逝去，在伊風心中留下一抹淺痕，痕跡雖淺，卻是永難磨滅的哩！

這一段時日的逗留，雖然是溫馨的，但伊風卻須為此付出代價；只是他應得報償的日子，此刻還未曾到來就是了。

第卅四章　飛虹七劍

天色仍然很冷，滿地仍有霜跡。

伊風放眼望去，前面就是重重疊疊的山巒，一直堆到雲霄。灰色的天空很低，重重疊疊的雲層，一直垂到山腰。

他知道這就是終南山了。

目光一轉，看到同行的火神爺姚清宇夫婦，走在自己身側的蕭南蘋，以及另外幾個同行的江湖同道，都似乎因為目的地已達，而精神突然開始煥發起來。

他們早就將馬匹放在長安城裡，此刻施然行來，看見道上頗多武林中人，大多和火神爺認得。看到瀟湘妃子和辣手西施時，卻不禁睜大了眼睛朝她們打量著。

蕭南蘋輕輕啐了一口，卻轉過頭去朝伊風嫣然一笑，笑聲未歇，突然一陣馬蹄聲急驟奔來，竟是筆直地對著他們這個方向。

伊風雙眉一皺，微微側身，已有幾匹馬箭也似的從他們身側奔過去，飛揚起新融的雪水。

谷曉靜嬌罵一聲。火神爺倏地搶前一步，唰地一掌，正劈在那最後一匹馬的馬股上，那馬怎經受得起，驚嘶一聲，人立了起來。

馬上人身手卻不弱，一帶馬，將受驚的馬轉了個圈子，兩條腿生了根似的夾在馬鞍上，皮鞭一揮，口中怒叱道：「殺坯！」

鞭梢一轉，唰地，朝姚清宇打了下去。

火神爺濃眉一立，冷笑聲中，腳步一轉，竟從鞭影中搶前兩步，鐵掌一揚，又切在那匹馬的脖子上，這一掌更是用了八成真力，這匹畜生再也經受不住，一個顛沛，被馬上人的大力一壓，竟「噗」地倒在地上，馬嘴噴出白沫來。

那馬上人身手極為矯健，此刻已騰身而起，口中怒喝道：「不長眼睛的殺坯！活得不耐煩了嗎？」

腳尖一點馬鞍，唰唰，又是兩馬鞭，帶著呼哨之聲，揮向火神爺姚清宇。

姚清宇為著嬌妻的一聲輕嗔，就動手攔人打馬，已是極為魯莽；這人卻比他更莽撞，根本不考慮對方是什麼人物，就動起手來。

他這一揮鞭，跟姚清宇同來的，也都是在武林中成名立萬的豪士，也紛紛喝罵著擁了上來，而和這漢子同行的另幾匹馬，此刻也兜了回頭。

伊風冷眼旁觀，知道眼下就是一場混戰。

那人馬鞭揮下，一連兩鞭，快、準、穩、狠，抽向姚清宇的頭面。

姚清宇也自大怒，不避反迎，虎腰一挫，反腕下抄，去抄那人的鞭梢，時間、部位，亦是拿捏得恰到好處。

那人似乎也微微地吃了一驚，心思一動之下，鞭已被姚清宇抄在掌中，暴喝一聲：「給我躺下！」

掌中一較勁，兩人竟都馬步沉實，未被對方牽動半步。

伊風不禁奇怪：「哪裡來的如此高手？」只因火神爺姚清宇在武林中已享盛名，那人卻面生得很，而此刻兩人一較勁，竟是不分平手，是以伊風心中暗奇。

此刻另幾匹馬上，已掠下兩人來，其中一人身形如燕，快如電火一閃，已自掠到近前，舉掌一切，那被姚清宇等兩人扯直了的馬鞭，被他這一切，竟應手中分為二，宛如利刃所斷。

辣手西施冷笑一聲，倏然纖手微揚，飄然幾縷尖風，襲向這兩個騎馬的漢子，口中嬌喝道：「躺下！」

哪知立掌切鞭的那漢子手掌一翻，嗖地，劈出一股掌風，竟將谷曉靜發出的六點寒光，掃落了四點，另外那漢子臨危不亂，掌中半截馬鞭劃了個半圈，也自將襲向他的暗器掃落。

說來話長，然而這幾個人出手，都在極快的一瞬間完成，而此刻彼此心中也都有數，知道自己遇著的不是泛泛人物。

這一來雙方反而不敢貿然出手。

那掌上竟有劈空掌力的瘦長漢子，目光炯然四掃，冷冷道：「我兄台和朋友們井水不犯河水，各走各的道，朋友驟下毒手，是衝著什麼？我毛文奇倒要領教領教。」

谷曉靜冷笑一聲，接口道：「你走路難道沒長著眼睛，要是走路該像你們這樣橫衝直撞的，那乾脆別人全都別走了，你們是什麼角色？仗恃著什麼，這麼發橫？」

毛文奇來自長白，終日馳騁白山黑水間，根本不知放馬緩行這回事。此刻愕了一下，但看到谷曉靜臉上的神態，仰天長笑一聲，冷笑道：「好！好！我毛文奇初來中原，這次倒讓我開了眼界，來中原的武林道，全是娘們兒在發橫。」說話竟是滿口東北口音。

他這話一出，竟把中原武林道全罵上了，可犯了眾怒，立刻連身不關己的人，都紛紛叱罵起來。

毛文奇冷笑連連，道：「好極！好極！我毛文奇雖然只是四人，但卻有興趣接接中原武林道的高招，來來！各位是要眾毆，是要獨鬥？只管招呼一聲，我們哥兒四個總接著你們的。」

說罷兀自冷笑，大有目中無人之意。

火神爺姚清宇雙眉一立，方自發話，谷曉靜卻又搶著道：「喲，這是從哪裡鑽出來的四個野種，我姓谷的走南到北，還沒看到這麼橫的東西。」

口角之下，言辭已極鋒利。

伊風自恃自己的身分，是以只是旁觀著，既未出來，也未多嘴。

但是他卻看到這飛馬而來的四人，俱是兩眼神光滿足，身手矯健，尤其這自稱「毛文奇」的一人，內功火候更是極其深湛，掌上的功力，比之「硃砂掌」尤大君，還要高出甚多。

他心知這四人必定不是等閒之輩，心中突然一動，忖道：「我可不能讓他們為著這些沒來由的事動手。」

遂走前幾步，朝著那自稱毛文奇的漢子一拱手，方想勸解幾句。

哪知毛文奇一眼瞥見他，臉上神色突地大變，手指指著他，半晌說不出話來。

伊風不禁為他這種神色所驚，茫然後退一步，眼角微掃，看到另外那兩人，也是帶著一臉激動的神色，望著自己。

就連那本來坐在馬上未動的一人，也掠了下來，眼睛直愣愣地望著自己。

這一來，非但伊風心中詫愕不解，姚清宇、谷曉靜、蕭南蘋也是事出意外，不知道這四個騎士，究竟在出什麼花樣。

良久，毛文奇才像從極大的激動下，恢復了過來，顫抖的聲音說道：「三弟！你這可是不對，既然好好地活著，為什麼又要讓大夥兄弟，為你著急。三弟，這些年來，你知不知道我們多想你，你為什麼總是迴避著我們，也不捎個口訊來？三弟！你我兄弟在一塊長大，在一塊兒學功夫，難道不比親生的骨肉還親近，有什麼話不能明說的？難道……難道……」

他竟激動得說不下去，連連長歎著，目中竟似有晶瑩的淚光。

最後從馬上掠下的老者，也廢然歎道：「三弟！你雖然廢了你大哥我一條腿，可是你是我從小帶大的……我就跟你的親兄弟一樣，別說你無意間傷了我的腿，就算你把我的兩條腿都切下來，我也不會怪你，你為什麼……」

這在四人中年紀最長的老者，竟也激動得說不下話來，緩緩走向伊風，兩腿果然一跛一跛的，是個跛子。

這兩人這幾聲三弟一喊，這幾句充滿了情感的話一說，伊風可更愕住了，看著這跛足老人向自己行來，竟不知怎生是好。

這老人目光輕輕地在伊風臉上滑動著，一面以悲愴的聲調說道：「三弟，這些年來你跑到哪裡去了？怎麼變得這麼黑瘦？唉！三弟！你……你哥哥我已經老了，腿也不管用了，要不是抱著一點希望來找你，我可真不想再下長白山一步。三弟！不管怎麼樣，你先跟我們回去，你要什麼，你大哥我負責答應你。」

他一面歎息著，一面說著，聲調滿含情感。

伊風不知所措，訥訥地說道：「你……」

谷曉靜也悶得頭皮發炸，此刻一掠而來，擋在這跛足老人的前面，嬌叱道：「喂！你瘋了呀！誰是你的三弟，你看清楚點好不好？」

這跛足老人本來委頓的身形，此刻倏然暴長，目中也射出令人不敢逼視的精光，狠狠瞪在谷曉靜的臉上，喝道：「你這婆娘是什麼東西？你敢來管老夫我的事！」

他稍微停頓一下，彷彿想起什麼，突然又大怒起來，喝道：「原來就是你，就是你這隻小狐狸，把我三弟引下山的！」

他回頭一聲暴喝：「老二！老四！跟我把這娘們兒抓下來！」

話聲一落，毛文奇及另外兩條漢子身形一動，已掠了上來，朝谷曉靜四方一站，手腕一翻，自腰間伸出一物，迎風一抖，伸得筆直，竟是一柄百煉精鋼所製，可柔可剛的長劍。

火神爺看到嬌妻受辱，大喝一聲，探囊取出一物，揚手向毛文奇打去，身形也隨即掠了上來，掌出如風，直取那跛足老人。

毛文奇聽到背後風聲，知道有暗器襲來，身形一扭，長劍排出一道劍影，護住全身。

哪知火神爺姚清宇的火藥暗器獨步武林，方才發出的，正是他仗以成名的暗器之一，「五雷珠」，稍一沾著劍尖，便自「砰」的一聲，炸了開來，青藍色的火焰，順著劍身燒了下去。

毛文奇這下可大吃一驚，他猛揮長劍，想將火焰甩落，哪知那火焰卻越燒越旺，眼看就要燒上他的手背，他情急之下，來不及多思索，唰地，將掌中劍朝地上直甩出去，三尺多長的劍長，竟完全沒入新融的雪地裡，只留下三寸劍柄，露於地面。

那邊姚清宇卻驚呼一聲，身形朝後倒縱八尺，砰地，落在地上。

原來他方才兩掌搶出，那跛足老人竟不避不閃，硬生生接了他這一掌，兩人對掌之下，姚清宇竟被震得直飛了出去。

谷曉靜嬌呼一聲，想掠過去，但面前寒光亂顫，已有一人擋著她的去路，另外一些武林豪士，俱都大嘩，有的跑過去查看火神爺的傷勢，有些人則在叱罵著，但大家卻全不知道這是怎麼回事。

識貨的人看到這跛足老人的功力，卻在暗暗咋舌。

蕭南蘋始終未發一言，此刻看到情況混亂，方要掠上去，那跛足老人，卻驀地暴喝一聲，雄渾高亢的聲音，壓下了混亂叱罵的聲音，震得每個人的耳朵，不住地嗡然作響。

他目光炯然一掃，厲聲道：「老夫飛虹劍華品奇，在此了斷家務事，各位朋友此時若一伸手，便是與我長白派為敵，奉勸各位，還是袖手為妙。」

他此話說得可算是狂傲已極！但他這「飛虹劍華品奇」六字一出，竟無人再對他這種狂傲的語氣，露出不忿之色。

原來這飛虹劍華品奇，卻正是武林九大門派之一——長白派的掌門，長白飛虹七劍之首。昔年他也曾在中原數現俠蹤，威名頗盛，只是近年久未露面，誰也想不到這跛足老人竟是長白掌門。

旁觀的多是草莽豪士，雖也有些成名立萬的人物，但和他這種一派掌門人的身分一比，可就都差得太遠。

是以大家全都震住了，紛亂的叱罵聲，也立刻靜了下來，再無一人喝罵。

華品奇目光四掃，再轉回臉來，看到他六弟龔天奇正在纏鬥，但他卻不去管他，目光一轉，逕自轉到他自認為再也不會認錯的，那一別經年，音訊全無，飛虹七劍中老三——鍾英奇的身上。

第卅五章　張冠李戴

原來伊風在易容之下，面貌竟變得和「飛虹七劍」中三俠鍾英奇的面貌，完全一樣，連自幼和鍾英奇一起相處的師兄弟，都分辨不出來。

華品奇看到伊風始終未動，心裡更認定了就是自己的三弟，就是那自幼被自己收養，後來卻為著一事，無意傷了自己的右腿，一逃無蹤的鍾英奇，心下不禁又是一陣惻然，喊道：「三弟！你到這邊來，讓大哥我看看你。」

谷曉靜雖然名列「武林四美」，但武功卻並不甚高，此刻抵敵龔天奇掌中的「飛虹劍」，二十個照面下來，已是香汗淋漓，大感不支。

何況她還情急自己丈夫的安危，不禁嬌喚道：「姓華的，你弄弄清楚好不好，姑娘我是辣手西施谷曉靜，你別和你的寶貝師兄弟牽涉到一處去。」

語聲未了，唰地一劍，自她右臂劃過，將她的狐皮小襖，劃了道長長的口子。

她更驚得一身冷汗。

卻聽華品奇哼了一聲，說道：「辣手西施，哼！就衝這名字，就不是好東西。三弟！給我抓下來。」

伊風始終在發著愣，此刻剛剛有些會過意來，知道自己無意之中的喬裝，剛好和人家的三師弟的面貌，完全一樣。

他心中有些哭笑不得，但此刻的情景，已不容他再不出手，心中方自動念，卻見蕭南蘋已掠了過來，低語道：「南哥！見這樣子是誤會，非要你自己出手不可了。」

吐氣如蘭，吹進伊風的鼻端。

伊風一笑，忖道：「女人家說的話，和沒有說竟完全一樣，我難道不知道這是誤會。」

又看了蕭南蘋一眼，卻和她滿含關懷的眼光，碰個正著。

他再一笑，身形一動，腳步微錯間，已快如閃電地，掠到谷曉靜動手之處，低喝道：「請暫住手！」

谷曉靜嬌聲道：「你再不來我可要急瘋了。」身形向他身後躲去。

是以龔天奇嗖然一劍，卻正好是刺向伊風身前，寒光一溜，瞬即揮至。

伊風微微一笑。此刻龔天奇也看清面前之人，口中驚喝道：「三哥——」手中劍式，卻因已近尾勢，前力已發，後力未至，仍然筆直地刺向伊風。

華品奇也驚喚一聲。

卻見伊風微笑聲中，肩頭不動，身形不曲，人已倏然溜開三尺。

他身為一派掌門，見到這種全憑一口真氣的運行，而施出輕功身法，自是識貨，不禁驚喚道：「三弟，你功夫怎地進境如此之速？」

伊風又微笑一下，知道自己自從督任兩脈通後，功力方面的進境，確是非同小可，連這長白掌門都為之動容。

他微一抱拳，向華品奇朗聲道：「小可伊風，雖久聞華老前輩之大名，卻始終無緣拜識，今日得見俠蹤，實在是小可之幸——」

他話未說完，華品奇已搶著道：「三弟！你這是說的什麼話？難道你這幾年來已另投名師，已經不認你的師兄弟了？你——你這真——真太不對了！」

說到後來，他語聲又因激動而顫抖了。

在場群豪，怎會知道這其中曲折，都以驚詫而不屑的目光，望著伊風，皆因背叛師門，正是犯了武林大忌；何況這華品奇此刻神態，更極愴然！

伊風方欲答話，那毛文奇也掠了上來，面嚴如水，厲聲道：「三弟！你也未免太無情了！你和大師兄雖然名是師兄弟，但自從師父死後，你那一手功夫不是大師兄教你的，現在你就算不認得我們，可是你怎麼能不認大師兄？你……你簡直……太無情了！」

伊風暗歎一聲，知道此事不是容易說得清楚的。

但他當著如許多武林中人，勢又不能揭開自己的面具，說出自己的身分。

沉吟半晌，他只得朗聲道：「小可伊風，大約是和華老前輩的三弟生得極為相像，是以華老前輩才會生此誤會。唉！小可實在也無法解釋——」

蕭南蘋突然掠過來，搶著說道：「華老前輩！你聽他說話的口音，完全和你們不同，難道生長在長白山上的人，會說出這種純粹的江南口音來麼？」

伊風暗讚一聲，覺得蕭南蘋的聰慧，實有過人之處！

又覺得女人家到底心細些，能注意到這些大家都沒有注意到的地方。

華品奇、毛文奇、龔天奇，以及那始終未出手的黃志奇，這「飛虹七劍」中的四人，果然都怔了一下，更為仔細地望著伊風。

那邊谷曉靜已扶著受內力震傷的姚清宇走了過來，朝著「飛虹七劍」恨聲說道：「姓華的！你不問青紅皂白就出手傷人，青山不改，綠水長流，我夫婦兩人總有報復你的一天。」

她狠狠一跺腳，眼望四方道：「各位朋友！你們看看這位長白山的大掌門人，自己管不住自己的師弟，讓師弟跑了，卻跑到路上來，隨便認人做師弟。哼！只可惜你們『飛虹七劍』的名頭雖大，人家也不稀罕——」

華品奇氣得渾身顫抖，怒喝道：「住嘴！」

谷曉靜卻又連連跺腳，湊上前去，嬌叱道：「你要怎的？你要怎的？難道你仗著武功比人家高，就可以隨便欺負人嗎！你再仔細看看清楚，人家是不是你的師弟？哼！天下哪有這種事，硬拉著別人認作是自己的師弟！」

她語聲清脆，說得又快，華品奇空自氣得面目變色，卻無法回口。

她稍為喘了口氣，朝著蕭南蘋和伊風道：「伊老弟！蕭三妹！我們先走了。他受了傷，終南山也去不成了。」

一面又跺著腳：「這算什麼？平白無故地惹來這些事。喂！我說三妹！你趕快帶著伊老弟走遠點兒，別讓瘋狗給咬一口。」

群豪之間，發出一些忍俊不禁的笑聲。華品奇面色鐵青，嚴喝道：「老夫若不是看你是個無知的婦人，今日就叫你斃於掌下。」

谷曉靜卻也一點也不含糊，回過頭來，朝著他恨著說道：「姓華的！你少說這種廢話！我無知，你才無知呢！硬說別人是你師弟。喂！我說伊老弟！你——」

伊風怕她說出自己易容的事來，趕緊搶著說道：「華老前輩！今日之事，實是出於誤會，也怪不了什麼人。不過小可可以指天立誓，實在生平未曾見過閣下一面，更不是老前輩口中的『三弟』，天下相貌相同之人甚多。

日後小可若見著華老前輩的師弟，必定代為轉告老前輩的意思，我想那位兄台另有苦衷，是以未回山去——」

華品奇厲聲一叱，阻住了他的話道：「你真的不是鍾英奇？」

伊風微笑搖頭道：「鍾英奇這名字，小可有生以來，還是第一次聽到哩！」

話聲方了，卻見華品奇的身形倏然一動，瞬目之間，漫天光華亂閃，伊風大出意外，只覺得四面八方，俱是劍影，向自己當頭壓下。

在這幾乎是生死繫於一髮的當兒，他目光動處，發現這一招的左方下端，似乎微微有一絲空隙，他原本久走江湖，與敵人動手的經驗極多，此刻便身隨意動，腳步一轉，倏然向左方溜去。

哪知他身形方自一動，那有如漫天飛花的劍影，竟像是早就知道他身形之所趨似的，光華一閃，漫天劍影驀地變為一溜青藍色的光華，帶著一縷尖銳的風聲，隨著伊風的去勢揮向左方。

伊風右腳方自滑開，眼角瞥處，一點劍光已刺向他前胸，生像是這點劍光早已在那裡等著他似的，他避無可避，只得悄然閉上眼睛，似乎已在靜候著這一劍的刺下。這一變故，突兀而來，等到大家發現時，那一溜藍光，已刺向伊風了。群豪不自覺地驚呼一聲。蕭南蘋情急之下，幾乎暈了過去。

第卅六章　兒女情懷

然而，這一溜青藍色的劍光，在稍稍接觸到伊風胸前時，便倏然而止。

伊風睜開眼來，看到華品奇那一雙炯然有光的眼睛，也正望著自己。

這一瞬間，他心中不禁又感慨萬生，人家這一劍，雖是在自己猝不及防的情況下刺來，但終究也是因為自己內功雖有成，但招式卻還是未登堂奧，否則也不會被人家逼得如此。

他又不禁後悔，自己在姚清宇家中那一段日子，為什麼不將《天星秘笈》上的武學參詳一下，而只顧得享受那些自己並不該享受的溫馨。

這樣，我還能談什麼復仇，雪恥呢？

他暗恨著自己，幾乎要將自己的胸膛，湊到那發亮的劍尖上去。

這些念頭，在他心中一閃而過。

哪知華品奇突然長歎一聲，緩緩收回劍來。

這一瞬間，他似乎又變得蒼老了許多，朝著毛文奇長歎道：「他果然不是老三，唉，怎地天下竟有如此相像之人？」

毛文奇也垂下頭，和龔天奇等又掠去馬側，騰身上了馬。

華品奇看了那倒在地上已奄奄垂息的馬一眼，長劍一抖，剎那間在馬身上刺了三劍，那匹塞外的良駒，便低嘶著死了。

他又歎一聲，身形一掠，掠到毛文奇所乘的馬上，三騎四人，便又像來時一樣，風馳電掣般朝另一方面奔去。

伊風愕了許久，才抬起頭來，卻見蕭南蘋正站在面前，微微含笑地望著自己，溫柔地說道：「你別難受！那個老頭，可真厲害得很——」

伊風微微一笑，領受了她話中的無盡關心和安慰。

而她也知道自己無須再說下去，因為她從他的一笑中，已知道他已領受了自己的情意。

谷曉靜攙扶著面色慘白的姚清宇，緩緩走了過來，道：「這老頭子真像神經病似的，你看！他不知怎的，就這麼走了。」

她目光向伊風和蕭南蘋一轉，嘴角似乎又有了些笑意，道：「他傷得雖然不太重，可也不太輕，我先送他回家去。喂！三妹！你是不是跟我一塊兒走？」

她一指伊風：「還是跟他？」

蕭南蘋臉又紅了紅，谷曉靜又已笑道：「你還是跟他走吧，我可不敢硬把你這位女魔頭拉來。」

她又朝伊風一揚手，「喂」了一聲，道：「我把我的三妹交給你了，你可要把她好好地還給我，要是你不好好待她，欺負了她，哼！看我會不會饒你？」

伊風無可奈何地笑了一下，蕭南蘋的臉卻又紅了，這昔日以手段之辣，聞名江湖的女煞星，近日來突然變得像閨女般溫柔，若你是聰明的，你就會知道，能使一個剛強的女子，突然變得溫柔的，唯一的力量，就是愛情，這是亙古不變的。

蕭南蘋自己也不知道自己怎麼有了這份情感。

但此刻，連她自己也不能也不願否認，這正是愛情。

第卅七章　終南盛會

伊風像是癡迷了似的愣了許久。方才那華品奇的一劍，雖然並沒有傷害到他的身體，然卻像是已傷了他的心。他知道方才在遠遠圍觀著的武林人士，此刻雖已漸漸走開，但是他們那種混合著驚詫、好奇，和另一種說不出意味來的目光，卻彷彿仍在伊風四側凝注著，使得他幾乎連頭都不敢抬起來。

姚清宇和谷曉靜已經走了。伊風抬起頭，望見的是蕭南蘋那一雙溫柔而含情的眼睛，目光中的關注，使得他不禁微笑一下。

忽地，山腰處飄下幾響鐘聲，蕭南蘋悄然走前一步，道：「我們該上山了吧？」

忽又放低了聲調：「都是我不好，讓你無緣無故惹上這場麻煩。可是真是奇怪，天下竟有這麼巧的事？」

「這怎麼能怪得了你——」伊風又微笑一下，喃喃地說道。

眼角動處，卻見四周的人全都已散光了。

遠遠一個身穿藍色道袍的年輕道人，正緩步向他們行來，一面招手遙呼道：「敝派推選掌門人之會，已經開始了，兩位若也是來參加此會的，就請快些上山吧。」

語聲方落，山上又傳下幾響鐘聲，嫋嫋娜娜，餘音不散。

伊風連忙謝過了那年輕道人，和蕭南蘋並肩上山。只因蕭南蘋此刻仍是男裝，是以他們也不須加以顧忌。

走了一段，又看見一個道人迎面而來，向著他們彎腰為禮，一面單掌打著問訊，說道：「施主是哪裡來的？要不要貧道接引兩位上山？」

伊風見這道人年紀也不大，心中微動了動，口中卻連忙答道：「不敢有勞道長，小可自會上去。」

那道人望了他兩眼，眼中似乎露出一種迷惘的神色，口中諾諾連聲，逕自走了過去。

前面是一處山彎，山壁下放著一個架子，架子上放著一個茶桶，正有一個年輕的道人，手忙腳亂地往裡面倒著茶，看見伊風和蕭南蘋兩人走來，臉上含著笑容，打著招呼道：「朋友！可要喝杯茶再上山？」

伊風笑著謝了，心中又是一動。

卻見又有兩個年輕的道人，自山上疾步走了下來。身上穿著嶄新的藍色道袍，向伊風笑著道：「朋友！快上山吧，大會此刻已開始了呢！」

伊風再往山上走的時候，心中疑念頓生，暗地思忖著道：「以這幾個道人的年齡，和他們腳下所顯示的武功來說，他們最多不過是掌門人下的第三代弟子。但那妙靈道人卻彷彿說過，他門下的第二代弟子，全因功力不深，中毒之後，大多遭了毒手，那麼為什麼又會有如此多年輕的道人——」

正思忖間，又有兩個年輕道人並肩而來，朝著伊風含笑而過。

蕭南蘋望了他們幾眼，笑著道：「這些道人怎的全穿著新道袍？而且一個個喜氣洋洋的，哪像是剛剛死了掌門人的樣子？看來這終南道士，像是不大守清規哩！」

女人家對別人的衣著的新舊，永遠是比男子留意的。

伊風聽了，心中又一動，忖道：「這些道人看來，真有些可疑。」念頭一轉，突然向蕭南蘋問道：「你記不記得剛才那兩個道人稱呼我們什麼？」

蕭南蘋沉吟半晌，也「咦」了一聲，道：「對了，這真有些透著奇怪，剛才那幾個道人並沒有叫我們『施主』，而是將我們稱作『朋友』，難道這些道士穿在身上的道袍，只是裝裝樣子的？」稍微頓了一下，她又接著道：「如果這終南派不是武林素負清譽的門派的話，那麼我真要疑心這些小道士的道袍，是今天才穿上身的，昨天他們還是綠林中的小嘍囉。」

「噗哧」一笑，又道：「我真不是罵他們，你看他們除了那身道袍之外，從頭到腳，哪裡還有一點兒玄門中人的樣子？」

伊風皺著雙眉，心裡既疑惑，又擔心，不知道在他自己遠赴滇中，為那些終南門下中毒的弟子求取解藥的時候，終南山上發生了什麼事，怎地那掌門人妙靈又突然死了？又不知道劍先生和孫敏母女等人，此刻還在不在山上？

於是他加快了步子，又轉過幾處山彎，每一處山彎的山壁下，都放有茶水架子，也都有一兩個年輕的道人，在旁邊守望著。

他心中的疑惑，卻也沒有向這幾個道人詢問，因為他覺得此事看來有些蹊蹺。

他希望劍先生等人，此刻仍在山上，那麼自己心中的疑團，便可迎刃而解。

是以他步履之間，也就越發加快。

蕭南蘋緊走在他旁邊，卻不知道他心中所忖之事，也無法從他的面孔上的表情來推測。

因為他自從戴上了那人皮的面具之後，他臉上的變化，別人就根本無法再看出來了。

再轉過一處山彎，前面就是那去道觀前叢林了，伊風匆匆走了進去。一進叢林，便見道觀，道觀前兩扇朱紅的大門，此刻洞開著，觀門前垂手而立的，卻是一個頷下微髭的中年道人。

伊風思忖了一下，筆直地朝他走過去。

那道人單掌打著問訊，神態之間，遠比那些年輕的道人肅穆，看到伊風行來，恭聲道：「施主請至呂祖殿去，此刻大會方開，施主還趕得及。」

伊風連忙還禮，沉聲道：「道長可曾知道貴觀中原先有四個借宿之人，兩男兩女，此刻還在嗎？」

他心中仍有顧慮，因此沒有說出劍先生等人的名號。

這中年道人上下打量了伊風幾眼，態度變得更為恭謹，道：「施主可就是將敝派數百弟子救出生天的那兩位老前輩的朋友？」

他突地長歎了一聲，道：「只是那兩位老前輩多日前已經走了。」

伊風的心往下一沉，急聲問道：「道長可知道他們走了多久？往哪裡去了？可曾留下什麼話？」

這道人搖了搖頭，歎道：「貧道若知道他們兩位老前輩的去處，那就好了。」

他目光四下一轉，忽地將伊風拖到觀門前的陰影下，低聲道：「施主既然是那兩位老前輩的朋友，也許就知道敝派的掌門人是怎麼死的，對於這件事，敝派的上下幾代弟子都傷心得很！值此非常之際，是以敝派才一反多年的傳統，而舉行這公推掌門人之會，只要是敝派弟子，無論是第幾代的，都可以憑著自己的武功，來爭取這掌門人之位，哪知——」

他匆匆說到此處，竟突地頓住了。伊風眼角微瞟，望見有兩個道人正大步行來，朝著自己躬身施著禮，一面笑道：「大會已開始了，裡面熱鬧得很，施主們怎的還不進去？」

站在伊風旁邊，竟不走了。

那中年道人也不再說話，躬身向內肅容，臉上竟似隱泛愁容。

伊風只得領著蕭南蘋走進去，心中更是大惑不解：「為什麼聽這道人的口氣，他們掌門之死，似乎另有文章，為什麼他的話說至一半，看到有別的道人走來，便倏然頓住？唉！只怪我為什麼要在那姚清宇家停留這些天，不但見不著劍先生和孫敏母女，又多出這些事故。」

他暗自譴責著自己，心裡又著急，不知道劍先生等人到哪裡去了，心中思忖間，已走到大殿門口，探目向內一望，只見這方圓十餘丈的大殿，四側都坐滿了人，黑壓壓的一片，他心中一動，也不去注意這些人的面貌，悄然繞過正門，從殿側的一扇小門中走了進去，悄然坐在靠牆之處。

此刻殿中諸人，眼光都在注意著站在大殿神龕前的一個老者身上，都沒有留意伊風的進來，卻聽那老者正朗聲說道：「老夫多年來未曾涉足江湖，想不到各位朋友仍未忘記我。」

他朗聲一笑：「各位既然要推我老頭子來做此會之主持，老夫卻之不恭，只得厚著老臉出來做了。只是各位都知道此會並非尋常，老夫一個人恐怕擔當不下來，各位最好再推出幾人，不然老夫老眼昏花，對終南道人的身手，未必看得清楚哩。」

說罷又朗聲一笑，意氣之間，甚是自豪。

伊風看到這老者，卻不認得，心中卻已猜到這老者大約是被諸人推舉出來，做這以武功爭掌門的大會上，終南弟子們較技時的公證人的。

這老者一說完話，大殿上的諸人立刻起了一陣騷動，想必是在推舉另二人。

伊風放眼四望，看到這大殿上左右兩側，及正面都坐滿了江湖豪客，正自交頭低語，神龕的後面兩側，卻站滿了穿著藍袍的道人，想必就是終南派的弟子。

伊風正自觀望間，卻見蕭南蘋一拉自己的袖子，在耳畔輕聲道：「南哥！這老頭子就是形意派的名宿，八卦神掌范仲平，想不到他也會在終南山上出現。南哥！你認得他嗎？」

伊風搖了搖頭，隨口答道：「我雖不認得他，他的名字我倒聞名已久了。」目光卻仍在四下掃動著，卻見大殿上的群豪，雖然議論紛紛，卻始終沒有再推出一人來，想必是這些人裡，再無一人的聲望，能以服眾的。

那范仲平站在神龕前，面含微笑，神態頗為自得。伊風知道，此老有名的自負好名，但手下也頗有幾分功夫，確非徒擁虛名之輩。

半晌，大殿左側群豪中突有一人站了起來，向四周一拱手，朗聲道：「在下推舉一人，此人年紀雖輕，但無論聲望、武功，都足以擔此重任。」

他手朝大殿右側的石柱下一指，接道：「小可要推舉的，就是此刻站在那邊石柱下的梅花劍杜長卿杜大俠。」

他哈哈一笑：「自從鐵戟溫侯呂南人保定城外死後，芸芸武林中，還有誰比得上杜大俠的年少挺逸，武功高強？」

他話說完，眾人之間，立刻有人哄然稱好。

伊風卻聽得身畔的蕭南蘋輕聲一笑，自己心中也不禁喟然！

這梅花劍杜長卿乃峨嵋門下，後起一代劍客中的佼佼者。昔年與武當的後起高手入雲鶴古子昂，和伊風自己——鐵戟溫侯呂南人——同負時名。因為這三人不但年齡相若，武功都得自真傳，而且還都是濁世中的佳公子，生得一表人才。

此刻伊風驟然聽到自己的名字又被提起，心中自然難免感慨！只是此刻誰也不會知道，坐在這陰暗角落裡的漢子，就是鐵戟溫侯。

群豪一陣騷動後，果真就把梅花劍杜長卿推舉了出來。

這梅花劍杜長卿長身玉立，面如冠玉，長劍掛在腰畔，此刻連聲道：「小可年輕識淺，怎擔當得起如此重任！」

但還是被眾豪哄了上去，站在那八卦神掌范仲平的身側，神態瀟灑從容，絲毫沒有不安的樣子。

八卦神掌范仲平又朗聲大笑著道：「好極！好極！江山代有才人出，老夫眼看著後起高手成名立萬，最是高興。」

他轉過頭，又向梅花劍杜長卿道：「令師雪因大師，和老夫昔年本是方外之至交。如今杜少俠也已長成，堂堂一表人才，卓然不凡，故人有後，老夫真是高興得很！」

杜長卿一聽人家提到自己的師父，趕緊彎下腰去施禮。

八卦神掌右手捋著花白的長鬚，連連地點著頭，朗聲地大笑著。

伊風暗中方自慨然，卻見這老當益壯的范仲平又朗聲道：「現在已有我們這老少兩人，各位只要再推舉一人出來，就足夠了。」

群豪微騷動間，大殿右側，又倏然站起一人，朗聲道：「在下要推舉的是一位德高望重的老前輩，就是此刻坐在在下身旁的萬勝刀黃鎮國黃老英雄。黃老英雄在浙東設場授徒，門下可謂桃李滿門，出來擔此重任，實在再好也沒有了。」

話方說完，他身側就站起一個身材高大的老人，雙手朝四側抱著拳，但是群豪反應，卻不見熱烈，只因這萬勝刀黃鎮國雖然是個老武師，但在江湖間的「萬兒」，卻並不十分響亮。

這萬勝刀年紀雖大，但卻像是十分好名，此刻不等別人再讓，就想走出去。

蕭南蘋方自失笑道：「這老頭子倒有趣，人家還不怎麼歡迎他，他居然自己跑出來了。」

哪知正面諸豪中，突然有人冷哼了一下，一人筆直走了出來，眼光四下一掃，朗聲說道：「敝人錢翊。敝人要推舉的，就是區區在下自己！」

此人這一出來，說出這番話，諸豪不禁哄然。再加上此人看起來年紀也甚輕；但舉止之間，卻大有目中無人之勢。

先前推舉萬勝刀的那個漢子，此刻也跑出來，指著這少年道：「朋友是何方高人？我小霸王走南闖北，還沒有看見有像閣下這樣一號人物，朋友自己以為自己是誰，難道沒有將黃老英雄看在眼裡！」

那自稱「錢翊」的少年，仍然卓立，根本沒有看這「小霸王」一眼，兩眼微微上翻，冷然道：「各位推舉出來之人，須得自身武功高強，眼光敏銳者，方能作這高人較技的公正。敝人雖不才，但無論如何，也要比這糟老頭子強得多。因此，敝人就忍不住要毛遂自薦了。」語聲一落，群豪又大嘩。

那萬勝刀黃鎮國更是氣得咻咻喘氣，連聲道：「好！好！我黃鎮國是糟老頭子，我這個糟老頭子，倒要試試你這個乳臭未乾的小子，有什麼出奇制勝的功夫！」

一面說著話，一面就甩長衫，捲袖子，準備和這少年動手。

第卅八章　青海來客

錢翊眼角瞟了他一眼，雙目又微微上翻，根本理也沒有理他，也像是根本沒有將他放在眼裡。態度之狂傲，令得群豪又為之譁然。

黃鎮國氣得面目變色，沉腰坐馬，嗖然一拳，朝他後背打去，這自稱「錢翊」，在江湖上藉藉無名的少年，卻根本動也不動。黃鎮國的這一拳，竟扎扎實實地打在他的身上。

群豪眼看萬勝刀一拳打在這少年身上。哪知黃鎮國一拳，方自沾著人家的衣服，自己的身子，卻突然像是中了邪一樣，平白飛了起來，「啪」的一聲，跌到地上。

群豪又復大嘩。

有些識貨的，不禁脫口而呼：「沾衣十八跌！」

原來這名不見經傳的少年，所使的手法，竟是武林內家的登峰造極的「沾衣十八跌」，不但群豪譁然，伊風也大為動容，暗地驚異這少年怎地有如此的身手。卻又怎的未在江湖上露過面？

八卦神掌也自面目變色，緩緩走到這少年「錢翊」身側，沉聲道：「這位少年朋友好俊的功夫，尊師何人？可是武當山的孟道長？」

錢翊微微一笑，但笑容中仍滿含傲氣，微微抱拳，道：「小可來自青海穆魯烏蘇河，家師曾對小可說起過范老英雄的俠名，想范老英雄必也記得家師吧？」

八卦神掌果然面色倏變，「倚老」之態，頓時渺然，竟拱手道：「原來錢少俠來自布克馬因山口，尊師武林異人，老夫昔年也曾有緣拜識過。如今錢少俠行道江湖，那好極了！好極了！」

群豪先前已經被這少年的功夫所震，此刻又見一向自負的八卦神掌，竟也前倨後恭，對這少年如此恭敬，不禁相顧詫然。

這少年「錢翊」又微微一笑，傲然道：「范老前輩！看小可出來做此會的公證人，可還使得？」

八卦神掌連聲笑道：「使得！使得！」一面向四座群豪朗聲道：「這位錢少俠，就是隱居青海布克馬因山口的武林前輩異人——無名叟的高徒。各位走動江湖，想必也曾聽起過青海無名老人的名聲吧！」

「無名老人」四字一出，群豪又復譁然。

那位「萬勝刀」黃鎮國，一聽這四字，趕緊和「小霸王」從側門溜了出去。

伊風一聽此人之名，也復大驚，不禁更留意打量了這錢翊幾眼。

原來武林相傳，青海布克馬因山口裡，隱居著一位武林異人，數十年來，江湖中人都知道這位異人，功行已參造化，卻都未曾見到這位異人的真面目，只是以「無名老人」名之。

這錢翊雖是無名之人，但他的師承來歷一說，群豪卻都不禁動容。就連八卦神掌這種武林前輩，都不免變色。

錢翊傲然四顧，走到神龕前。八卦神掌朝神龕後的終南道人拱手道：

「現在武林群豪已推出我等三人，作為貴派技爭掌門之見證，就請貴派，開始了卻這件武林大事。」

伊風目光轉到神龕後面，卻見方才在觀門前所遇的那中年道人，此刻正和另兩個道人在低聲說著話。

這兩個道人年紀都甚大，一面傾聽著，目光一面在四下搜索著。

伊風心中一動，忖道：「難道他們是找我？」

卻見其中一個頭髮已經花白的道人，走了出來，向四座打了個問訊，沉聲道：「敝派此次因掌門人妙靈道長，因病仙去，臨去匆匆，未曾傳位與他人。是以敝派數百弟子公議，要以武技的高低，選出敝終南派的第六代掌門人來，是以勞動各位豪傑，共襄此舉。」

他沉聲一頓，又道：「各位推出的這三位，都是武林中名重一時的豪士，肯為敝派此會作為見證，貧道謹為敝派全體弟子，向各位致謝。」

他雙眉微皺，臉上竟隱含憂色，又道：「敝派弟子中，經貧道所詢，有意爭此『掌門人』之位的，共有七人，此七位同門，多是敝派中的英銳，貧道自亦深望敝派仍得一能者，擔當大任。此刻貧道先請這七位同門出來，向各位見禮。」

八卦神掌突地朗聲笑道：「妙法道長！難道無意於此嗎？」

這髮鬚花白的道人，微微一笑，道：「貧道老了，筋骨也衰退了；怎比得上范施主，仍然精神矍鑠。」

范仲平哈哈笑道：「老夫也知道道長有如閑雲野鶴，何等逍遙自在！既是如此，快請貴派那七位道長出來，我想天下武林中人，都是渴欲一見終南派未來掌門人的面目的。」

群豪自是哄然附意。

這妙法道人微微一笑，轉身向後，神龕兩側就陸續走出七個藍袍道人來，群豪只見這七人，高矮老幼都不等，但卻都是神完氣足，步履安詳，目光炯然逼人，想必都是內家高手。

這七個道人一出來，就雙掌合十，向著四座躬身施禮，群豪也都站了起來，紛紛還禮。須知這七人中，就有一人，是未來終南一派的掌門。武林群豪對此七人，當然也都不敢失禮。

伊風站在最後，眼中注視著這七個道人。心中總覺得今日之會，其中大有蹊蹺；只是到此刻為止，還未現出端倪而已。

這呂祖殿甚是寬大，除了四側被武林群豪占坐的地方外，當中還有一塊三丈見方的空地。此刻一個年約三十許的道人站了出來，雙掌合十，向四座微一行禮，轉向神龕，撩起道袍，向神龕裡的呂祖神像，端端正正叩了三個頭。

然後，他朗聲道：「終南第八代弟子玄化，恭請各位師伯、師兄弟指教。」

撩起道袍一角，掖在腰中的絲帶上，雙手垂下，雙目微翕，腳下不丁不八，凝然卓立，意在拳先，果然身手不俗。

在座眾豪，就衝這玄化道人的這一佇立，就知道這道人武功，至少已有二十年的火候，不禁暗忖：「終南弟子，果有好手。」

這時，站在下端的另一個道人，也走了出來，也朝著呂祖神像及眾豪行過禮，撩起道袍，向凝神卓立的玄化合十道：「玄機恭請師兄賜招。」

說罷也自卓然而立，凝神待敵。

玄化道人低喝一聲，左臂平起，右掌中切，腳下微一踏步間，已到玄機身前。

雙掌倏然外揚，一擊面門，一掃下腹。

玄機腳步一錯，身形半轉，連消帶打，右臂也穿出一擊。

頓時之間，這三丈方圓的空地上，掌影飛舞，身形電閃。這玄化、玄機兩人，用的全是本門拳術，輕靈之中，不失穩健；穩健之中，卻又有如行雲流水，招招生生不息。變幻流動，波譎雲詭。

兩人這一施展出掌法，眾豪才知道終南掌法，果然名下無虛！

諸豪正自神馳間，突見人影一分，玄機道人遠遠退至一旁，躬身道：「師兄妙招，玄機不敵。」

再一合十，緩緩走回神龕後。

八卦神掌哈哈笑道：「這才是高手較技，這才叫作高人！」

微一四顧，笑道：「方才那位玄機道長只輸了半著便自承已敗。這種名家風度，大家真該學學！」

說著又伸出大拇指，連聲大笑不已。

眾豪已自佩服；有些人根本連玄機如何敗的，都不曾看清。此刻范仲平一說，各人都伸大拇指。

須知他們這一比鬥，有關一派掌門人之位；而這玄機道人，竟能將勝負如此淡然視之，胸襟自非常人能及。

瞬息之間，終南道人又敗下兩位。在場中凝神卓立的，仍是那最先出場的玄化道人。

伊風不禁暗自感歎，這終南一派確非凡門。一面卻又暗讚這玄化道人的身手，連接三場之下，他仍然儀態安詳，從容得很。

梅花劍杜長卿此時忽然走到范仲平身側，低語幾句，范仲平連連點頭，對杜長卿的話，大有贊同之意。

第卅九章　逐鹿掌門

此刻那另三個道人又走出一個五綹長鬚的道者，此人本是妙靈道人的師弟，比玄化尚長出一輩。玄化一見此人走出，忙躬身道：「五師叔也來賜教嗎？」

這五綹長鬚道人乃昔年終南掌教玉機真人的五弟子妙元，此刻微微一笑朗聲道：「你我較技，各施所長，你切切不可心存禮讓顧忌，否則就失了以較技來爭掌門的原意了。」

玄化忙躬身唯唯道：「弟子遵從師叔的教誨。」

雙手下垂，凝神而立，正待出手。八卦神掌卻突地大步走了過來，將手一攔，朗聲笑道：「道長且慢動手！方才杜少俠之意，玄化道長，已過了三場，此刻不妨稍為歇息一下，由另三位道長先過過手，其中最勝之一位，再出來和玄化道長動手，各位看此舉可妥當否？」

玄化垂手退步。

妙元躬身道：「全憑范老師做主。」

這兩陣較技下來，妙元道人以一招「金蛟剪」勝了第一陣，最後上來的是「玉機真人」的四弟子妙通，交手方十數個照面，稍一不慎，竟被妙元搶入中宮，以掌緣在他前胸拂了一下。

於是妙通道人，也立刻退去。

群豪眼看這幾位終南高手過招，技爭掌門，竟像是平時師兄弟考較身手一樣，完全沒有驚險、刺激的場面。一面暗讚這些終南弟子的寬宏氣度；一面卻又暗暗惋惜自己的眼福，沒有看到什麼熱鬧。

這些武林豪士，大多是遠道而來，心裡多多少少總是存有一些幸災樂禍的人類通病，恨不得這些終南道人，打個血淋淋的火爆場面。此刻見他們輕描淡寫，就已過了五陣，倒有些悵然。

此刻唯一未決勝負的，只剩下妙元道人和玄化道人兩人，群豪不禁將注意力都集中到這兩人身上。因為此兩人的勝負，就關係著終南一派的掌門。這在武林中來說，可算得是件大事。

八卦神掌朗聲笑道：「兩位道長稍為歇息一下，再動手爭這掌門之座。老夫也算眼福不淺，能眼見如此高手的過招。」他轉身向杜長卿、錢翊一笑，又道：「兩位想必也有同感吧。這原是百年罕睹的哩！」

錢翊斜倚在一張交椅上，始終動也未動。此刻微微頷首，像是要說話的樣子。

哪知那妙法真人突然走了過來，道：「妙元師弟和玄化師侄，還是此刻就動手吧！得勝者就在此間當著天下英雄和呂祖神像，就為終南掌門，也用不著再立儀式了。」

范仲平雙眉微皺，暗暗奇怪這妙法道人，一向老成持重，此刻卻怎的竟將這等大事，處置得如此草率？連讓他們歇息一下都等不及。

伊風冷眼旁觀，卻見這妙法道人臉上的憂色，更加濃重，眼光不時掃向門外，彷彿生怕有什麼人會突然闖來，擾亂此一盛舉似的，是以迫不及待地就讓妙元、玄化兩人，動手過招，決一勝負。

蕭南蘋卻全都不管這些，只是幸福地倚在伊風身側。因為四座群豪，坐得都甚為逼擠，是以她全身都依偎在伊風身上，卻也不覺惹眼。

此刻大廳肅然，都在凝神觀望著這終南派的兩位最高手的比鬥。

妙元和玄化兩人，正是全神凝注。

這些道人們在動手之先，全都全神凝注，絕不大意。但在一分勝負之後，立刻告退，確是名家風範！

就在這大廳中靜得連諸人呼吸之聲都可以聽到的時候，正面坐著的群豪突然起了陣騷動，紛紛向兩旁移開。

妙法道人面色大變。伊風也一驚，知道自己的猜想未錯，果然此事並不簡單。

八卦神掌、梅花劍等人，正自驚詫，卻見這呂祖正殿的正門，走入一行人來，竟也全部是身著藍色道袍的道人。

四座群豪，都不知道這究竟是怎麼回事。只見當頭而行的一個道人，形容枯瘦，背後背著一柄長劍，幾乎拖到地上。但步履之間的沉健，眉目之間的銳光，卻令人一望而知是武家高手。

這一行十餘道人，個個身後都背著長劍，最令伊風觸目的，卻是這些道人所穿的道袍，竟全都是嶄新的，但又不是方才在山下所見的那些年輕道人。

當先而走的那枯瘦道人，鷹目微一顧盼，竟朗聲一笑，道：「妙法師兄！你這卻不對了！小弟早已令門徒先來稟報師兄，說是我這個不成材的師弟，也要來湊湊熱鬧。怎地師兄卻逕自就行起會來？難道一別十餘年，師兄你竟忘了終南門下，還有小弟我這麼一個不成材的師弟了嗎？」

一面又四顧群豪，大聲笑道：「貧道妙雨，亦是終南弟子，此次有勞各位遠來，早已命小徒們，在山下為各位擺茶接風。敝師兄接待不周之罪，貧道先在此謝過。」

此話一出，群豪全都愕然，奇怪半路上怎地又多了此人出來！

伊風也恍然而悟，暗忖：「原來先前在山下的那些道人，全都是這妙雨道人的徒眾。但這妙法道人雖自稱是終南弟子，那妙法道人卻為什麼作如此形狀？」

先前在山下那些年輕道人的舉止，觀門前那中年道人的神態，那些欲言又止的言語，此刻都一一閃過伊風心頭。

伊風知道這妙雨道人此來，其中必定有著些蹊蹺。但其中究竟如何，他卻也摸不清楚，只得靜待此事發展下去。

四座群豪，愕然相顧，所抱的心理，正也和伊風相同。

妙法道人面色驟變之後，目光一直瞪在那妙雨道人面上，此刻冷笑一聲，道：「妙法不才，可不敢做閣下的師兄，死去的師尊，此刻若有知，也斷斷不敢承認有閣下如此高人的弟子！」

妙雨「咦」了一聲，冷笑道：「師兄！你這是什麼話？小弟雖然一別終南十餘年，但心中卻無時無刻不在惦記著師門。而且小弟雖然遠遊在外，卻也始終沒有被逐出門牆呀！難道師兄你今日卻要把小弟逐出門外嗎？」

他陰森至極地哼了一聲，又接著說道：「只是師父在生前，沒有逐出小弟，小弟就仍然是終南弟子。師兄你縱然對小弟不滿，可也不能公報私仇，硬指小弟不是終南弟子哩！」

妙法道人面目更是變色。哪知妙元道人卻一步搶上前來，朝妙雨躬身施了一禮。

妙雨道人哈哈笑道：「好！好！五師弟！你還沒有忘記有我這麼一個師兄。」

妙元道人微微一笑，朗聲道：「小弟雖未忘記師兄，卻只怕師兄早已忘記小弟們了。」

他雙目一張，聲色轉厲，道：「請問師兄！若你還未忘記師門，師父仙去時師兄怎地不來？多手真人謝雨仙名滿天下，可是又有誰知道這位多手真人就是終南弟子？怎地師兄早不想起師門晚不想起師門，卻偏偏在此時想起師門？難道這區區終南掌門之席，還放在你多手真人的眼裡嗎？」

他冷哼一聲，更加激昂地說道：「昔年你我師兄弟六人，師父待你最厚。可是師兄你卻置師門聲名不顧，在江湖上做出許多敗壞師門的事，可歎師尊臨去時，卻仍掛念著你，不肯將你逐出門外。師兄！你如稍有良心，就該迷途知返。哪知師兄你……你卻又投入……」

妙雨道人始終冷笑傾聽著，此刻突地一聲厲叱，喝道：「妙元！你再要胡言，我做師兄的可要當著武林群豪，教訓教訓你這個目無尊長的狂徒！」

妙元冷蔑至極地一笑，道：「天下武林，誰不知道你多手真人的那些『善行義舉』？我說不說又有何妨？只是這些話我卻有如骨在喉，不吐不快。」

四座群豪此刻才都悚然動容。他們誰也想不到這個枯瘦的老道，就是橫行川黔一帶，惡行無數，卻又極少有人見到真面目的魔頭——多手真人。

更想不到這多手真人謝雨仙，竟會是終南門下的弟子。

這妙雨道人和終南派其中的糾葛，群豪此刻亦都從妙元道人義正詞嚴的這一席話中，恍然得知了真相，不禁紛紛議論著。

但這些議論之聲，卻是極為輕微的，更沒有一人挺身出來說話。

妙法真人此刻也厲叱道：「何況你又加入了天爭教下！此刻你焉敢再無恥地回來爭這掌門人之位，難道你以為你的所為，別人都不知道嗎？」

此話一出，伊風不禁更驚，這多手真人既已入了天爭教，此刻卻又來逐鹿這終南掌門位，其用心不難想見。

「看來這天爭教不但想稱尊武林，竟還想將各門各派一網打盡。若真讓這天爭教徒做了終南掌教，那天下武林，眼見就將再無我類了。」

他一念至此，心中熱血翻湧，幾乎要挺身而出。

八卦神掌此刻也一捋長鬚，朗聲道：「按理說：妙雨道長既未被逐出門牆，自應仍算終南門徒。但若妙雨道人真的入了天爭教，那麼再爭終南掌教，就有些不便了。」

妙雨道人卻突地仰天一陣長笑，笑聲竟如金石，震得四間嗡然作響。連大殿承塵上的積塵，此刻竟都簌簌落了下來。

群豪相顧變色之間，笑聲戛然而止，餘音雖仍繞樑，但大家耳畔卻都倏然一輕。

妙雨真人雙目一張，冷然道：「有誰說終南弟子入不得天爭教？有誰說天爭教徒做不得終南弟子？我妙雨雖入天爭教，卻仍然是終南門徒，有誰說我爭不得終南掌教？」

他傲然四顧，冷笑一聲，又朗聲道：「好教各位師兄弟得知，不但我妙雨重歸師門，長江南北，大河兩岸的所有名劍手，此刻也都入了我終南門下。」

他右手朝隨他進來的十餘個藍袍道人逐一指點著，說道：「嶗山三劍汪氏兄弟、一劍震金陵胡大俠、南宮雙劍李氏昆仲、燕山三劍、太湖一劍，這幾位劍客的大名，想各位也都聽到過吧？」

他又仰天一陣長笑，接著說道：「現在這些聲名顯赫的名劍客，全都入了我終南門下，眼看終南一派，行即光耀武林，師父在天之靈有知，也該含笑九泉了。」

八卦神掌臉上卻有些不悅，他本是老而益辣的薑桂之性，此刻兩道灰白的長眉一立，正待發話。

第四十章　鐘敲十響

哪知身側突然響起妙元道人清朗的口音。

「你勝得了我，再爭終南掌門不遲。」

身隨話到，掌風嗖然，已自襲向妙雨道人的前胸。

妙雨道人冷笑道：「好極！讓師兄我看看你這些年來，功力進步了幾許？」

身形轉折之間，妙元道人快如閃電的一掌，已自遞空。

妙元挫步塌腰，右掌回收，唰地一掌弧形切下；左掌卻並指如戟，帶著一縷銳風，直點妙雨道人前胸的「期門」穴。

妙雨冷笑聲中，腳步再一錯，口中道：「做師兄的先讓你三招。」

妙元的雙掌，又堪堪落空。他厲叱一聲，雙掌倏然回收。一吞一吐，竟以「排山掌」擊向妙雨。

這一掌已使出全力，掌風虎虎，震得妙雨真人的衣袂微揚，這時候可看出這多手真人的真功夫來，他竟大仰身，瘦小的身軀筆直地倒了下去，竟以「鐵板橋」這種險之又險的功夫，躲開此招。

須知「鐵板橋」這類功夫，高手比鬥時，除非萬不得已，都不敢輕使。皆因身形一後仰，上，中，下三處空門都大露，等於將自己全身賣給了人家，對方只要凌空再施一擊，那麼自己就算不被擊中，但勢必要被別人搶得先機。

這妙雨道人此招輕易一使，群豪卻微「咦」了一聲。妙元道人悶吭一聲，硬生生將前擊的力道拉回，雙掌倏然下切。

哪知妙雨道人這種身形下，腳跟仍能一旋，倒臥著的身軀，便倏然變了個位置。

妙元勢挾雷霆的雙掌，便又再次落空。

就在妙元道人舊力已盡，新力未生，這種青黃不接的當兒，妙雨道人身形微微向上一抬，右掌斜揮，唰地一掌，已擊在妙元的左脅上。

妙元道人身形一搖，並未倒下，原來這妙雨道人此掌，只使出半成真力而已。

此刻他望著妙元道人冷冷一笑，道：「師弟！你還得再跟師兄我學幾年呢。」

語氣之中，滿含譏嘲。

妙元道人三招落空，卻被人家一出手便擊中自己，此刻他竟像愕住了，半晌說不出話來。

群豪也都大驚，這妙元道人的功夫，方才他們是親眼見到的，此刻在妙雨一招之下，便告落敗，大家不禁都被那妙雨的武功震住。

妙法道人此刻面如青鐵，一步掠了上來，將妙元道人微微一推，低聲道：「五師弟！你先退下去。」

雙目一張，緊緊瞪在妙雨道人的臉上，厲聲道：「這些年來，你武功果然精進，只是你武功縱然再高，我終南門下所有的弟子，也不會承認你這敗類是掌門人。」

妙雨道人又仰天長笑起來。

哪知突地又有一陣更為嘹亮的笑聲，響自神龕前側。

群豪險些掩住耳朵，詫然望去，卻見到那始終不言不動的青海來客錢翊，此刻大笑著緩步走了出來，銳利的目光四下一轉，朗聲的大笑，也倏然轉變成冷森的冷笑，望著妙法，緩緩說道：「這卻讓區區在下有些不懂了，貴派此次大選掌門，又勞動了天下武林豪士，為的想必就是『公正』兩字而已。這妙雨道長，既是終南門下，又技壓當場，自然就是終南掌教。難道閣下當著天下英雄之面，還想自食其言，出爾反爾嗎？」

他又冷森至極地一笑。

妙法道人已自面目變色地叱道：「敝派之事，敝派弟子自會料理，不勞閣下為敝派操心。」

雖是氣憤填胸，但這老成持重的道人，此刻仍強自忍著。

錢翊卻又仰天打了個「哈哈」，冷然道：「天下事天下人盡都得管，你終南派中的事，若是不容別人過問，又為何要讓天下武林英雄，奔波而來？

難道這些武林豪士，都該受閣下的支使？任閣下呼之即來，揮之即去嗎？」

妙法道人本不善言辭，此刻被這種鋒利的詞鋒一逼，越發氣得說不出話來。

妙雨道人卻向錢翊一拱手，朗聲笑道：「閣下既為芸芸武林，主持公道，貧道感激之餘，只得身受了。」

他咳嗽一聲，又道：「自今日起，貧道妙雨便是終南掌門，有勞各位豪傑之處……」

他語聲未了，妙法已厲叱道：「叛徒！你給我下來！」

隨著語聲，身形向妙雨猛撲了過去，十指箕張，抓向妙雨的喉頭，他和身而撲，竟是不要命的招數。

妙雨一看他這種打法，可也有些吃驚，身形一扭，向旁邊讓開三尺，卻覺得自己身旁，風聲一凛，接著嗚然一聲慘呼。

他定睛一看，妙法道人已遠遠落在地上。那錢翊卻微微冷笑站在他身側，右手仍不住玩弄著腰間的絲帶，微微冷笑道：「我錢翊倒要為武林主持公道，這妙雨道長憑什麼不能做終南的掌門？」

原來方才妙法和身之一撲，前胸空門大露，正是犯了武家大忌，被錢翊以極快的身法，掠了過來，乘隙當胸一掌，擊在他前胸上。

這兩下身手都快，群豪只覺眼前人影一花，妙法已跌在地上，竟也是一招之下，便分出勝負，眾人不禁都驚呼出聲來。

錢翊雙眼望天，手裡玩弄著絲帶，微微冷笑著，說道：「終南弟子中，若還有不服妙雨道長的，自可與他一較身手，爭那掌教之席，武林群豪中若還有認為區區在下此舉不當的，也大可出來賜教我錢某人幾手高招。」

他雙目一張，目光一轉，看到在這大殿的右後側，離他約摸三四丈遠近，放著一個架子，上懸一個紫銅鑄就的大鐘。

他微笑一下，右手突地放下絲帶，朝那巨鐘虛空一指，只聽「噹」的一聲，那巨鐘竟被他指上的真力敲得一響。

群豪又復被他這種已入化境的「彈指神道」的指上功力，震得噤若寒蟬。

他朗聲一笑，又復傲然道：「此刻鐘敲一響，若鐘響十響之後，若各位仍無異議，妙雨道長從此便是終南掌教。」

說罷手指微揚，那巨鐘又「噹」的一聲巨響。

八卦神掌廢然一聲長歎，他自問以他自身數十年的功力，仍不是這少年的敵手。

長歎聲中，袍袖一拂，無顏再留此地，竟逕自走了出去。

「噹」地，鐘又一響。

梅花劍欲前又止。終南弟子一個個面如死灰，不知所止。

鐘再一響。

玄化道人前跨一步，卻見驀地滿殿寒光暴漲，那與妙雨道人同來的十餘藍袍「道人」，此時長劍俱都出匣，只要玄化稍有舉動，便是一場血戰。

鐘敲五響、六響——玄化道人心中紊亂，不知該如何是好，他自知自己萬萬不是人家敵手，但卻也萬萬不能讓這妙雨道人做了終南掌門。

鐘響七下——大殿的左側突然響起一個清朗的口音，喝道：「且慢。」一條灰色的人影，隨著喝聲，如灰鶴行空，一掠數丈，從眾豪頭上飛掠而出，飄然落在地上，卻正是久久未作表示的伊風。

諸豪俱都大驚。錢翊也冷笑一聲，目光在伊風面上一轉，卻驀地後退一步，連聲笑道：「好！好！原來你也來了。算我多事！算我多事！」

袍袖一展，竟在群豪無比的驚詫之中，身形如電光一閃，掠了出去。

伊風不禁一愕，腦海中頓時一亂，不知道這究竟是怎麼一回事，微一沉吟，朗聲道：「妙雨道人雖是終南弟子，但卻不孚眾望，怎能做終南一派之掌門？在下有鑑於此，不知各位意下如何？」

他心中驚疑大起，是以口中所說也是探詢一類的話。眾豪幾百雙眼睛，在伊風、妙雨道人和那十餘個持劍道人身上溜來溜去，不知道即將發生什麼事。終南弟子更是各各滿面喜容地望著伊風。

妙雨道人以驚疑而迷惘的目光，望了伊風幾眼，驀地一揮手，那十餘道人，竟也倏然收回長劍，也以驚疑而迷惘的目光對望了一眼，竟不約而同地轉身向殿外走去。

妙雨道人的目光再向伊風一瞟，和伊風的目光，微一接觸，卻立刻垂下頭去，像是沉吟了半晌，竟朗聲道：「好！好！既然各位意見如此，貧道就告退了。」

語聲一頓，身形暴起，竟也掠出殿去。

眾豪再也忍不住心中的驚詫，不禁一齊站了起來，望著這稍一現身，就將那狂傲的錢翊和妙雨道人驚退了的少年。

有的探首殿外，夕陽將下，漫天彩霞中，已失去了那些挾無比聲勢而來的藍袍「道人」的影子。

第四一章　歎息聲中

伊風和蕭南蘋一入了終南山的上山路徑後，就發覺了事有蹊蹺，等到他在玄妙觀的觀門前，看到了那中年道人欲言又止的神色，更加斷定了在這終南劍派裡，又發生了一些事故。

只是他在那多手真人謝雨仙，也就是終南弟子妙雨尚未現身之前，他並不能確切地知道這些事故究竟是什麼罷了。

他靜觀待變之下，果然發現這其中的陰謀，天爭教竟然想利用終南派中的一個叛徒，而將武林中素負清譽的終南劍派收歸到他天爭教的組織下，這麼一來，天爭教在武林中的氣焰，也將更盛了。

伊風對天爭教，除了他個人的私仇之外，還有著一份伸張正義、抑制強權的正義之心，當然不會眼看天爭教得手。

但天爭教的手段竟如此狠毒，方法竟如此嚴密，竟在終南派群聚武林群豪，公開選拔掌門的時候，抬出了一個妙雨。

因為妙雨既是終南弟子，又未被逐出門牆，那麼他也參加這選拔掌門人的大會，看起來自是光明正大之事。

另一方面，天爭教卻又以大河兩岸，長江南北的十餘個名劍手，作為他此一計畫武力的後盾，再加上那青海突來之客——錢翊，神奇莫測的武功，使得在場的武林群豪，沒有一人能挺身出來為終南派說幾句公道話。

就連八卦神掌范仲平那種性情豪猛，而又頗具聲威的武林前輩，在忖量情勢下，也只有一走了之。其他的人，更是不願來蹚這趟渾水了。

錢翊虛空一指，巨鐘一響，伊風已決定挺身而出，決定不讓妙雨在如許多武林豪士的面前，接掌終南門戶。

但是他也知道以自己一身之力，來和人家這種周密計畫下的力量相抗，顯然太過微弱。

因此他想在這一極短的時間裡，找出一個較為妥當的方法。

但轉瞬間鐘敲七響。

他知道時間已不允許他再多加思索，在這種情況下，他與生俱來的俠義天性，遠遠勝過了他的理智。

「無論如何，即使我自身化骨揚灰，也萬萬容不得這廝得手。」

他一咬鋼牙，斷然下了決定，猛地一長身，飛身而出。

須知在這種情勢下，伊風自家也知道自己的這一出手，定是凶多吉少，而且於事也不見得有補。

但路見不平，尚要拔刀相助，為正義兩肋插刀，亦在所不惜。伊風的這種俠義之心，每在一個利害分明的緊要關頭，便顯露出來。

至於一些小節，他並不去斤斤計較，這也正是他血性男兒的本色！

哪知事情大出他意料之外，他現身之後，錢翊竟首先逸去；接著，妙雨道人和那十幾個拔劍而立的劍手，也莫名其妙地走了。卻給伊風和滿堂武林豪客，留下了無比的懷疑和驚詫。

正殿裡有片刻的靜默，接著而來的就是一片哄然的議論聲。

突然人叢裡又飛起一條人影，倏然落在伊風身側。

這不問可知，自然就是也滿懷驚詫的蕭南蘋了。

終南弟子們，此刻也從驚愕中恢復過來。

他們對伊風，自然是萬分感激，然而在感激中，卻另有一種既驚且懼的感覺：「不知道這在江湖上絲毫沒有名聲的年輕人，怎有這種威力？稍一現身，便驚退了那麼多武林高手。」

他們自然不能將心中的感覺，當面向伊風問出來。

玄化道人前行兩步，當頭向伊風深深一揖，恭聲道：「壯士仗義援手，此恩此德，我終南弟子不敢言報。但願閣下能稍作歇息，等敝派弟子一齊向閣下叩謝。」

伊風趕緊回禮，道：「道長！切莫說這種話，這只是小可分內之事。」

他停頓一下，又道：「小可身受貴派托庇之恩，此刻能為貴派稍效微勞，正是小可之幸。」

他心中雖萬分紊亂，想在千絲萬線中找出一個頭緒來，但卻不得不先振起精神來回答人家的話。

玄化道人卻愕了一下，他不知道伊風所說的「托庇之恩」是指著什麼。

此刻妙法道人已掙扎著，被妙通和妙元兩人攙扶了起來，他雖當胸被錢翊揮了一掌，但傷勢卻不甚重，此時走過來，喘著氣道：「閣下可就是方才詢及劍老前輩的那位？方才我聽玄丹師侄一說，就知道來了救星。唉！果然蒼天有眼，不教魑魅橫行。閣下不但是敝派上下數百弟子的恩人，也是武林的救星。」

說著，他竟掙扎著要拜伏下去，口中連連說道：「請先受我一拜！」

伊風可不敢擔受人家此禮，連忙阻攔著，口中急切地說道：「道長切切不可如此！別說貴派對小可有著大恩，就是莫不相干的人，既然眼見此事，也萬萬不能坐視的，這正是小可分內之事。」

梅花劍杜長卿也在旁邊，此刻臉上不禁紅了一下，心裡慚愧得很。妙法、妙元等道人，卻不禁又愕住了。

須知他們都不知道伊風在身受重傷，奄奄垂息時，就是在這玄妙觀中獲治，而且還因此得了許多不世奇緣。當然也就不知道伊風所說的「我曾受過貴教大恩」這句話，其中所含的意思。

何況就算他們知道了此事，可也不能認為人家真是受過自己的大恩，因為無論如何，這種事總不能算作施恩於人呀！

但伊風的心裡卻不同，他在終南山上所遇，正是他生命的一個轉捩點。他對未來許多極為渺茫的希望，也因此而有了著落。

是以他口口聲聲說自己曾受終南派的大恩，卻不知卻將人家弄得有些莫名其妙。

伊風看到他們臉上的茫然神色，也知道他們錯愕的原因，卻也暫且不去說破，只是微微一笑，道：「道長們且莫理會小可，小可自會歇息，還是先去料理貴派中的事情為要，免得教如許多武林豪傑，在此久等。」

妙法道人「哦」了一聲，道：「貧道真是糊塗，竟忘了還有許多貴客在此！」

他稍為一頓，又趕緊道：「只是閣下千萬先請歇坐一下，等敝派先料理一下，再拜謝大恩。」

他長歎了一聲，接著又道：「無論如何，今日也得先將掌門人推選出來，免得日子一長，又生變化。」

他又歎息著。

其實近年來武林人才，漸漸凋落，終南一派更是如此，這老道人心中感慨長多，怎不連連歎息。

這個妙法道人昔年本是終南的中興掌教，號稱武林七大劍師之一的玉機道人的首徒，只因性情恬淡，又好玄理，正是個清淨無為的玄門羽士，對武功一道，並無深湛的造詣，對武林中事，更不感興趣。

是以玉機道人死後，才讓他的二師弟妙靈道人接掌了門戶，自己卻將生命消磨在青燈黃卷之畔。

哪知妙靈道人卻道心不堅，為色所誘，終於身喪名裂，他自然痛心。

再眼看終南弟子人才凋落，而別派門下，卻有些奇才俊彥出現。這一現身便驚退群小的伊風不談，就連那來自青海布克馬因山口的的狂傲少年錢翊，何嘗不是身懷絕學。

自己雖不好武，但到底是數十年修為，卻被人家一招之下，就揮跌出去，雖也是因著自己大意，但不可諱言的，人家那份身手，本來也高於自己，更遑論教中的後輩弟子了。

這是他心中的悲愴感懷，然而當著武林群豪，他卻不能露在臉上。在妙元、妙通兩個道人的攙扶下，又往前走了一步，勉強提高聲調道：「敝派不幸，出了那種劣徒，而貧道又無能，不能為先師清理門戶，為武林除此敗類，又勞各位在此空候，貧道實在該死！」

大殿群豪頓時哄然謙謝了一下。

妙法道人微微一笑，又道：「近年武林異道橫行，這想必也是令各位悲心之事，敝派此次之所以一反往例，公選掌門，也是希望敝派能從此整頓，為武林擔當一份責任。哪知——唉！若不是幸得高人解危，還不知落得什麼下場。」

聲調更為愴痛，停頓一下，又道：「貧道但願此次當著各位，敝派能選出一位不負各位愛護敝派之意的掌門來，也不負各位遠來辛苦了。」

他微微一笑，當然，笑容並不是愉快的，接著又朗聲說道：「總之，請各位再稍待片刻，敝派敬備了些許素酒，為各位洗塵；也是——也是為各位餞行了。」

說完話，這鬚髮幾乎全白的道人，不住地喘著氣，不知是因著身上所受的傷，抑或是因著心中的感慨、愴痛，這一瞬間，他彷彿又蒼老了許多。

群豪聽了他這一番話，也俱為默然，也許是心裡也有些慚愧吧？

終南弟子們，更是俱都垂首默立，欲語無言。連此時心情本來已被愛情沉浸得極為幸福、愉快的蕭南蘋，見了此情此景，也不禁為之一歎。

妙法道人喘息了半晌，又道：「此刻就請妙元師弟和玄化師侄兩人，再一爭掌門之位。」

他微喟一下：「不論你們誰勝誰負，你們總是終南弟子中的佼佼者，無論是誰接掌了終南門戶，我——我也高興。」

妙元道人始終垂首無言，臉上的神色也是難看已極！

此刻突地放下攙扶著妙法道人的手，搶先幾步，在正殿中的呂祖神像前，端端正正叩了幾個頭，然後轉過身來，悲愴地朗聲說道：「妙元無能，不能為本派禦敵，更不敢出任掌門。玄化師侄，壯年英發，無論是武功、人品，都是上上之選，正是擔當掌門的最理想之人，但望他能擔當起這副擔子來……」

他歎息一聲，垂首又道：「至於妙元——已向呂祖及先祖誓言：此後閉關十年，重研終南絕藝。來日若能幸而有成，妙元才算不辜負先師的栽培；不然的話，妙元從此埋首深山，再也無顏過問世事了。」

方才他一招之下，便敗在本是他同門、同輩、同師授藝的師兄妙雨手上，心裡自然悲痛，慚愧。此刻一氣說完，才略為覺得舒暢了些。

妙法道人微露笑容，道：「五師弟既然如此，我實在高興得很！」

他略一停頓，玄化也搶先幾步，道：「弟子無能，弟子……」

妙法一擺手，阻住了他的話，道：「你再也不要推讓，值此時期，擔負起此重任，正是你之幸運，卻也正是你的不幸！」

他話中的沉痛，使得玄化撲地，跪在地上。

妙法又長歎一聲，仰首望天，緩緩道：「但願你兢兢業業，好好做去，不要違背了祖師爺的教訓，也不要像你死去的師父……」

當著武林群豪，他怎能說出玄化的師父，他自己的師弟，終南的掌門，因色惑志的話來。

他突然頓住話頭，微喟一聲，接著道：「他——他死得太早了。」

武林群豪怎能瞭解他話中這小小的漏洞中，所包含的一個巨大的故事！

伊風聽了雖然心中一動，但他此刻心中全都被自身所遇到的奇事，占得滿滿的，哪有餘隙來思考別的事。

於是，在無數聲歎息聲中，終南劍派新的一代掌門，於茲選出。

第四二章　層層推究

伊風將自己心中萬千條紊亂的思路，慎重而緩慢地整理著，希望能對方才所發生的奇事，作一個周密而合理的解釋。

「他們在見到我之後，為什麼突然放棄了他們的計畫而逸去呢？」

「多手真人謝雨仙是武林中有名的心狠手辣人物，他的凶名，我可聽到得久了，在情在理，他斷然不會因著畏懼我而逃走。鐵戟溫侯在武林中雖然名聲也頗為響亮，但卻也萬萬嚇不倒橫行川滇的魔頭多手真人呀！」

「何況，此刻我已經過易容，天下再也無人認得我就是鐵戟溫侯呂南人了。」

「那麼，很顯然的，他們所畏懼的，是另一人。而我易容後的面貌，又恰巧和這人極為相像，是以他們誤認了。」

思路至此，他想起方才在山腳下所遇的「飛虹七劍」，想起飛虹劍客們在看到他時的表情，以及他們對自己所說的話。

於是，他將這兩件事合而為一，接著往下面繼續推究著——「我絕對不可能和兩個人的面貌都完全相同，是以，這多手真人和那些長白派的劍手都將我認成另外一人。換句話說，就是多手真人將我誤認為以前在長白劍派中那個姓鍾的劍客。」

「但是，他們又為什麼要畏懼，遠在關東的長白劍派中的一個劍客呢？」

他自己向自己提出了這問題，隨即又替自己尋找著答案：「一定是這姓鍾的劍手，在離開長白山後，投入另一人的門下。不但如此，他一定還另外換了個名字，而這個名字，必定是在近年江湖中非常響亮的，也是足以使得連多手真人這種人都異常畏懼的。」

於是，他又很快地又聯想到那狂傲的錢翊，以及錢翊在見到他時的那種奇怪的態度，很快地再想下去——

「錢翊一定認得那人，也就是說錢翊一定認得和我易容後面貌完全相同的那人，而錢翊卻是青海無名老人的弟子，他以前在江湖之中，沒有絲毫名聲，以他的武功來說，那自然是因為他以前根本沒有在江湖中走動過，他既未在江湖中走動過，卻認得那人，而又彷彿很熟……」

他思路不敢分散，極快地想下去道：「那麼他們一定是早就認得的，但據那飛虹劍客所說，那姓鍾的卻是自幼即在長白習藝，那麼唯一的可能便是這姓鍾的劍手，離開長白之後，就投入了青海無名老人的門下，是以錢翎才認得他。」

伊風微微一笑，忖道：「錢翊如果和他是同門，見了我也會誤認，那麼可見我易容後的面貌，是絕對和那姓鍾的完全相似了。」

其實他早該想到這點，因著連那些和鍾英奇自幼相處的「飛虹七劍」也會誤認，那麼他們面貌的相同，就可見一斑了。

但是，無名老人雖然名垂武林，他的弟子卻也不見得能使多手真人和武林中的那麼多名劍客睹面之下，便立刻逸去呀！

何況在多手真人和那些劍手的身上，一定還擔當著天爭教縝密計畫下所派遣的使命，而以天爭教此刻在武林中的地位說來，也斷然不會因著任何一個人的出現而改變自己的計畫，即使出現的這人是名垂武林的前輩異人無名老人的弟子。

這些問題仍在伊風腦海中盤旋著，他有時像是抓著了一些端倪，但瞬即又茫無頭緒，垂著頭，他全然陷入深思裡。

蕭南蘋站在他的身側，本來被終南道人的那種悲愴氣氛所感，心裡也頗有一些沉重的意味。

但此時那年輕的玄化道人，已正式接掌了終南門戶，當著武林群豪，在簡單但卻肅穆的儀式下，參拜了呂祖和終南列祖的神像，成為終南一派有史以來，最年輕的一個掌門人。

於是氣氛也像是變得輕鬆得多，武林群豪，分成一批一批的，向這終南劍派新任的掌門人道賀。

蕭南蘋也回過頭，去望伊風。

她看到伊風正皺著眉，沉思著，輕輕一笑，推了推他的肩頭，俏語道：

「你想什麼呀？」

伊風茫然抬頭，望了她一眼，卻又垂下頭去。

蕭南蘋久作男裝，喬裝已慣，但此刻卻又忘記了自己是「男人」，嘟起小嘴，不依道：「你瞧你！想什麼想得那麼出神？人家跟你講話，你都不理。」

伊風此刻正是密結滿腹，哪有心情回答她的話，漫應了一句，然而卻只要這一聲漫應，已足夠使這沉入愛情中的少女，回嗔作喜了。

她嬌笑著道：「我知道你在想著什麼，你在想那件事真奇怪是不是？」

她停頓一下，像是自語似的又道：「不過也是真的奇怪，那些人為什麼一看到你就走了呢？你又不是他們的——他們的教主！」

她本想說：你又不是他們的爸爸，但是一個女孩子家，「爸爸」兩字到底不好出口。

她的臉也因心裡有了這想法而紅了起來，羞急之下，就隨意說出兩個字，將自己的話接了下去。

然而「教主」兩字一入伊風之耳，伊風卻險些跳了起來，回身抓住她的手，脫口問道：「你說什麼？」

蕭南蘋一愣，伊風卻根本沒有要得到她回答的意思，口中不住喃喃說道：「對了，對了。」一隻手仍捏著蕭南蘋的手不放。

蕭南蘋臉上羞紅，心裡卻甜甜的，一掙，沒有掙脫，眼角一瞟大殿中的群豪，人家根本沒有看他們，她也就任他握著。柔情蜜意，滿充心懷，只恨不得此刻天地間只剩下他們兩人。

哪知她心中的這份柔情蜜意，伊風可卻一絲一毫也沒有分享到。

伊風在聽到蕭南蘋無意中說出的「教主」兩字之後，心裡驀地萌出了一種想法，這想法雖然怪誕，甚至連他自己對自己會有這種想法都有些吃驚，但他仍然接著想下去，因為這想法雖然怪誕，但卻合理。

「這些人為什麼一見我就逸去，這本來不可解釋，除非……除非和我此刻的面容完全相似的一人，就是天爭教主蕭無；而蕭無也就是那長白劍派，『飛虹七劍』等人口中的『三弟』。

「是以那多手真人見了我，以為是他們的教主來了，而教主既如此說，當然是計畫有所更動。多手真人雖久著凶名，但他已屬天爭教下，自然不敢違抗教主，是以他心裡雖然奇怪，而卻不得不一言不發地走去。

「而那錢翊，想是因為初入江湖，知道他的同門是天爭教教主，聽到多手真人是天爭教下，就出來幫多手真人一個忙。可是他後來看到我現身，也以為我就是蕭無，又見我說那種話，是以便在自認多事之下，拂袖而去。

「當然，這也有可能是他們之間早已有預謀，那錢翊並非湊巧，而是特意地趕到此間。」

但這些細節，伊風已不去深究，因為他已從千萬條思路中，找出了最荒謬，卻也是最為合理的一條。

因為天爭教創教以來，天爭教主蕭無雖名滿天下，但蕭無的真面目，卻始終無人見過。

就連天爭教總壇所在地，江湖中人也只知是在江南，究竟在什麼地方，卻也無人知道了。

伊風雖被蕭無奪去了妻子，避得無處容身，但蕭無的廬山真面目，他卻也沒有見到過。

伊風此刻自忖，他此刻的面貌，既被多手真人等如此畏懼，但滿堂的武林群豪，卻無一人認識，那麼自己此刻正和除了天爭教下的金衣香主們外，再無一人見到過廬山真面目的天爭教主蕭無面貌完全相同。這不是極為合理，而又幾乎是唯一合理的推測嗎？

然而這想法卻使得伊風自己也為之震驚不已，他甚至有些啼笑皆非的感覺。但從頭到尾，他再將自己先前所作的推究，細細想了一遍，覺得自己此刻所作的推斷，其中雖然還有些微細節，自己尚不能明瞭；但整體說來，卻顯然是合理的。

他不知道自己該立刻撕下這張和他生平最大的仇敵面容完全相同的面具，抑或是留下它，甚至利用它做一些事。

他雖瞭解這張面具對他自己極可能有著很大的利用價值，然而當一個人對鏡自照時，知道自己的面貌竟和那奪去自己妻子，使得自己以「詐死」來躲過追擊的人一樣時，那麼他心中又該是什麼滋味呢？

第四三章　去而復返

突地，一聲輕輕的咳嗽，驚破了蕭南蘋的柔情蜜意和伊風的層層思慮。

新任的終南掌門——玄化道人，站在伊風面前，躬身道：「貧道謹為終南門下全體弟子，向閣下叩謝大恩。」

說著，這終南劍派的掌門人，一撩道袍，竟端端正正地跪了下來。

伊風驀然驚覺，抬眼一看，大殿中的幾百對眼睛，此刻正都注視著自己，而那已成為掌門人的玄化道人，正跪在自己面前。

他又一驚，連忙也跪了下去。玄化道人又伸過手去攙他，口中道：「恩人若不肯受貧道一拜，那麼貧道心中越發不安了。」

伊風自然跪在地上不肯起來，卻也不知該說什麼。口中訥訥地，正想找幾句話來說，突聽大殿正門那裡又是一陣騷動。

伊風不禁瞬眼去望，但他跪在地上，卻也看不到什麼。卻聽蕭南蘋道：「咦！那『飛虹七劍』怎地也來了？」

伊風連忙回手去攙扶玄化，口中連連道：「道長切莫如此，折殺小可了！」

又道：「小可亦受了貴派之恩。」

又道：「道長趕快起來。」

他心中本已紊亂，聽到「飛虹七劍」去而復返，心中更是大動，說話竟都有些語無倫次了。

此刻「飛虹七劍」中的毛文奇、華品奇，想是因為看見了跪在大殿正前方，極為觸目的伊風來，排開群豪，也擠到殿中，對著伊風遠遠喝道：「朋友！你且過來，我弟兄還有話要問問你。」

原來這些長白劍手，在華品奇以一招長白劍派中的絕學「顛倒乾坤」，試出伊風果然不是長白門下，轉身離去後，此次又重新折了回頭，正是為了尋找這和「飛虹七劍」中的鍾英奇面貌完全相同的人。此刻見了伊風，就喝了出來。

他們久居關東，性沒奢遮，竟沒有想到這種地方，豈容得他們大肆吆喝？妙法道人臉自一沉，那妙通道人卻已嗔道：「施主們哪裡來？要找什麼人？神殿之中，施主們也該安靜些！」

華品奇臉也一沉。伊風卻已搶步過來，攔在妙通前面，朝華品奇微一抱拳，朗聲道：「前輩去而復返，不知有何見教？」

妙通道人見這些魯莽漢子，是自己全門恩人的相識，便也無可如何。

哪知華品奇冷笑一聲，厲喝道：「我要你的命。」

伊風方自一愕，卻見漫天光華亂閃。原來華品奇已在這厲喝聲中，拔出長劍，竟以方才完全相同的一招，「顛倒乾坤」，刺向伊風。

伊風驚愕之下，眼光瞬處，又瞥見那劍光中的空隙之處，這時他本已紊亂不堪之腦海，已渾然忘卻了方才自己所受到的教訓，幾乎是出乎本能地，又往那劍光的空隙處一閃。

當然，像上一次一樣，漫天光華又轉變為青光一縷，向他閃避的方向刺去。但和上次不同的，在華品奇手中的長劍刷向伊風時，側面突然寒光暴漲，另一柄劍已刺向他腋下三寸的「天池」穴。

這「天池」穴屬手厥陰經，在腋下三寸，乳後一寸，著脅直腋，撅脅間，乃人身大穴之一，這一招正是攻華品奇之必救。

華品奇冷笑一聲，腳步微錯間，溜開三尺，卻根本不理會那拔劍刺向他的梅花劍杜長卿，反卻向著毛文奇冷笑道：「二弟！果然不出你所料，果然不出你所料。」

轉首向伊風道：「三弟！你也不必再瞞著我們，有什麼事盡可說出來，難道你我兄弟之間那麼多年相處，竟連一點兒情分都沒有嗎？」

伊風全然愕住了，他難以瞭解這「飛虹七劍」明明已在判別自己不是他們的師弟後離去，此刻卻又折回來，又說這些話呢？

他卻不知道華品奇等人飛馬馳去後，毛文奇就埋怨道：「大哥！你也太忠厚了！三弟若不肯認我們，他大可以裝作不懂這一招『顛倒乾坤』的奧妙。因為他明知大哥你不會傷他的。」

是以這「飛虹七劍」中的四人，又折了回來，而華品奇再以「顛倒乾坤」一招相試。此刻伊風若心境澄平，在幾個時辰前才吃過此招的苦，此刻就算躲不過此招，至少也不會重蹈覆轍，再像上一次那樣去躲。須知縱使笨到極點之人，也斷然沒有人會在一個極短的時間裡，同上兩次絕對相同的當的道理。

是以華品奇便推斷伊風是故意如此的，否則他怎會笨到如此田地！而因此，他們竟也主觀地斷定伊風就是他們失蹤的師弟鍾英奇。

此時大殿中的群豪，又愕住了。

持劍而立的梅花劍杜長卿和終南弟子們，在聽到華品奇稱呼伊風三弟，而伊風竟像也默認了的時候，更不知所措。

他們對伊風的來歷，本就一無所知，此刻當然更為迷惘。

大殿中的數百雙眼睛，此刻當然又都落在伊風身上。

就連蕭南蘋，都也被今日所發生的一連串奇怪的事，弄得混沌一片了。

伊風此刻，腦海中極快地閃過幾個念頭，他知道此事，此刻已不是三言兩語所能解釋，心中方下了個決定，華品奇卻又道：「三弟！你我弟兄之事，大可不必當著這麼多外人來講，你還是跟著大哥我下山去吧！唉——」

他忍不住又長歎一聲，道：「為著些許小事，你又何苦如此呢？」

蕭南蘋忍不住大聲道：「姓華的！你怎地這麼囉唆！我告訴你……」

哪知伊風卻一拉他的袖子，阻止住了她的話，側身對她輕聲道：「我且隨這『飛虹七劍』一行，你不妨在姚清宇大哥處等我。」

不等蕭南蘋答話，又轉身向那些驚詫的終南弟子拱手道：「小可俗務纏身，今日暫且別過，他日有緣，小可自當再來拜候。」

妙法道人根本就全然不知道此事的究竟，此刻只得也合十道：「施主天際神龍，來去匆匆，貧道們雖有久聆教益之心，卻也知道無法留得住俠駕，只是匆匆一會，閣下的大恩大德，足以使我終南派數百弟子，永銘不忘了！」

華品奇臉上微露喜色，他以為自己的師弟已迷途知返。哪知道伊風此舉，只是想從這「飛虹七劍」身上，多得到一點蕭無的消息而已。

因至此為止，他除了知道蕭無和自己此刻的面貌完全相同之外，其餘的，卻仍然是一無所知的。

最難受的，卻是蕭南蘋，她本想說些什麼，卻什麼也不能說。她本是聰明絕頂之人，但此刻情感卻使她變得癡了！

人們的第一次戀情，永遠是如此激烈的！

武林群豪，有的在山腳曾經目睹此事的前一半；有的根本沒有，但卻全不知道此事的究竟。直到很久以後，這件事在武林中的一部分人口中，仍是一個不可解釋的謎哩！

第四四章　悵悵離情

此刻暮色已合，晚霞初落。西邊天末，尚留得幾痕淡淡的雲霞，影映得滿天枯木疏林，平添了多少幽清的畫意。

伊風隨著「飛虹七劍」出觀下山，各各心裡都有著心事，是以一路默然。只有華品奇發出的歎息聲，偶爾打破沉寂。

此刻天已入暮，再加上他們都知道此山此刻都是武林中人，是以便都展開身法，寂寂山路上，只見幾條極淡人影一閃而過。

到了山腳下，飛虹劍客們方才騎來的三匹健馬，正被繫在一段枯幹之上。

華品奇側顧伊風一眼，喟然說道：「三弟，你先和我同乘一騎吧。」

他歎息一聲，又道：「你還記不記得，二十年前，我那天抱著你騎馬兜一個圈子？唉，歲月催人，如今你已長大成人，而我——也老了。」

歎息的尾音，久久不落。

伊風不禁同情地看了這垂暮的武林健者一眼，心裡對蕭無，更起了一種說不出來的厭惡。想見那蕭無，必定是天性極為涼薄無情之人，否則又怎會如此！

他正自感歎間，忽然山畔傳來一聲聲尖銳而急切的呼聲，伊風一聽，就知道是蕭南蘋在呼喚著自己。

這急切的呼聲，使得他突然升起了一種歉意，低歎一聲，他悄然回過頭去。

只見山上果然極快地躥下一人，筆直地掠到他身前，依然嬌喘著，想必是因為過急的奔馳，此刻額上甚至已現汗珠了。

「南哥！我……我要和你一齊走。」

蕭南蘋溫柔的目光，乞憐地望著伊風。

晚風颯然，借著將暗的天色，伊風看到了她雙頰的紅暈，兩鬢的亂髮，雖然是男裝，但她仍顯得那樣嫵媚動人。即使最醜的女子，在真情流露時，也會變得美了，何況蕭南蘋這美若春花的女子。

伊風雖然對蕭南蘋也有著一些情感；但他也自知，自己對人家的情感，遠不如人家對自己的濃厚。他先前雖然叫蕭南蘋在姚清宇處等他，但連他自己也不確知自己是否會回到姚清宇處，去尋找這等待著自己的癡情而美麗的少女。

此刻他心中有著愧意，口中也就訥訥地說不出話來。

半晌，華品奇已微微皺眉，道：「三弟！快些上路吧！」

蕭南蘋滿含嗔意地瞪了他一眼，又哀怨地轉向伊風。

她也明知自己珍藏了多年的情感，此刻雖已找到了歸依之處，但這歸依之處，偏又是這麼渺茫，渺茫得就像那天末的雲霧似的！

良久——她見伊風仍然沒有說出話來，少女的自尊，使得她的心，比被人戳了千萬刀還要難受。這一瞬間，她只覺得血液上湧，眼前也變得混混沌沌的，幾乎連伊風的影子，都分辨不出來。

伊風望著他面前這悽楚的少女，也被這份真情所動，幾乎願意放下一切，和這純情的少女，遠遠躲到天涯海角，讓世人再也尋找不著。

因為他感到這少女的真情，是這麼沉重，沉重得使自己的心，都被壓縮得沒有餘隙來容納別的感覺了。

他吞吐著，正想說話。

哪知蕭南蘋突然悲鳴一聲，雙手掩面，纖腰一轉，飛也似的掠了去。

夜風吹得她寬大的文士衣襟，像是一隻蝴蝶的彩翼般，在伊風的心底震動著一種無比和諧，也卻是無比悽楚的旋律！

她纖細的身影，終於在蒼茫的暮色中，冉冉消失了。

伊風卻像是尊石像似的，站在他先前所站著的地方，動也動彈不了一下。他不知他自己此時的情感，是自責，抑或是自憐！只是他卻覺得，天地在這一瞬間，竟突然寂寞了起來！

人們，有時是最愚蠢的動物，常常會為著一些不值得珍貴的事，而捨棄了一些最最珍貴的東西。因為在他享有這些珍貴之物的時候，並沒有感覺到這些東西的可貴之處，也不去珍惜。

而等到他覺得這些事物可貴，再想珍惜的時候，那些事物，卻已離他遠去，他再想去尋找，也將是非常困難的事了。

突地，伊風感覺到有人輕輕拍了拍他的肩頭，他回頭去望，華品奇正帶著一種喟然的表情在看著他，沉聲說道：「三弟！我們走吧！希望今晚能趕到長安，我有許多話要問問你。」

伊風黯然地隨著他們上了馬，心裡像是傾倒了的五味瓶，酸、甜、苦、辣，他自己也分辨不出到底是哪一種情感！

馬蹄奔馳著，在崎嶇的道路上，響起一連串嘹亮的蹄聲。

暮色愈重。

伊風坐在馬後，兩眼直視著，路旁的枯木，像是一根根連接著朝他頭上打來。

他甚至也願意伸長脖子，讓自己混亂的頭腦，重重挨上一下。因為，那至少可以換得片刻的安寧、沉醉。

但是，那些枯木卻一根根在他身旁擦過了，甚至連他的衣袂都沒有沾上一點。

這一瞬間，他似乎發現了一些哲理。

那就是世間有許多事，明明像是已經降臨到你頭上，但卻僅是擦身而過；而另一些事，卻在你毫無所覺之間，降臨在你的身上。而這些都是你所無法預測的。人，又有誰能夠真的先知呢？

他不知道自己所想的，是否合於天理的軌跡，但無論如何，他卻因此而微笑了一下。抬頭一望，前面燈火熒熒，像是已到了長安了。

第四五章　漫天花雨

蕭南蘋這癡情的少女，已完全失落在情感的迷霧裡了。

她是那麼悽楚而傷心，因為她發現她自己所深愛著的那人，對自己的情感，遠不如自己對他的千萬分之一。

她並不後悔自己對他付出那麼濃厚的情感，這是她有生以來第一次付出的情感。然而，她卻不得不傷心他對自己的無情。

在經過一陣瘋狂的奔馳之後，此刻她覺得自己心胸間，有一種要嘔吐的感覺；因為方才那陣奔馳，已超越她自身功力所能達到的限度之外。這當然是她想藉此來忘卻心靈的痛苦。

然而，她此刻卻失望了。

因為這種其深入骨的痛苦與自憐，並沒有因為這肉體的折磨，而有所減輕，甚至更加重了一些。

她只得放緩了腳步，迷惘而無助地，躑躅在無人的荒徑裡。

她，不但已迷失了自己；而且，也已迷失了道路的方向了。

「該到哪裡去呢？」她茫然環顧四周，四周是已淪於夜色之中的林野和山麓。

她的心，也正如四周般的黝黑而寂寞。

寂寞的四周，對於一個傷心的人來說，不是倍覺淒涼嗎！

她不是一個軟弱的女子，也不慣於向別人乞求情感。這從她以往的事情上，就可以很顯然地看出來。

她曾經折磨過無數深愛著她的男人的心；而此刻，當她也正深愛著一個男人的時候，她的心，卻被這男人折磨了。

她並不懷恨伊風，只是為自己傷心。傷心之中，又有些後悔，後悔她以前為什麼要那樣對付那些深愛著自己的人們！

夜色蒼茫。

蒼茫的夜色裡，她聽到有一連串低沉的人語聲，像是在為某一件事爭執著。於是她立刻將自己的身形，停了下來。

人語之聲，越來越大，那是從她身側的一個荒林裡傳出的：「謝香主！不是小弟不信任你，但是教主明明已去滇中，臨行之際，還告訴過小弟，說是據聞昔年的『南偷北盜』，並沒有歸隱或是死去，而是在滇中無量山裡，爭奪著一件稀世的珍寶。教主此去，也就是為著這件事的。」

另一人哼了一聲，道：「韋香主！你這話是什麼意思？難道我謝雨仙還不想當終南掌教？難道我還會故意揑造這些事來騙你？教主在玄妙觀裡現身，胡香主他們都是親眼目睹的，又不是只有我一個人看到。」

這些對話，斷斷續續傳入蕭南蘋耳裡，她心裡雖然迷亂，可也不由驀地一驚。

她知道在這樹林裡講話的，正是先前在終南山上，爭奪終南掌教的多手真人謝雨仙；另外一人，想必也是天爭教下的香主。

她吃驚的倒不是這些，而是從他們所說的話中，可以聽出伊風易容之後，面貌竟然是和天爭教主蕭無相同。

這件事的巧合之奇，連她自己都不能相信。但此刻言證確鑿，似乎已是千真萬確的了。

她心中極快地轉了幾下，不知道自己此刻究竟該將採取什麼步驟！

樹林裡的兩人，像是話不投機，此刻已不再說話了。

她黛眉微皺，纖腰一扭，想先避開此地，免得生些麻煩。

哪知她方一展動身形，樹林裡已驀然傳出兩聲暴喝：「是誰？」

兩條人影，也隨著這暴喝之聲，電射而出。

蕭南蘋方才奔馳過度，此刻真力仍未恢復！眼角瞬處，望見那兩人的身法，輕靈疾快，輕功在武林中，已是一流高手。

何況她此刻心中動念，自己和天爭教素無仇怨，也犯不上去逃避人家。利害的權衡之下，她方想停住自己的身形，哪知身後又已喝道：「是什麼人？再不停住身形，我謝真人，就真要教訓教訓你了。」

蕭南蘋冷笑一聲。

瀟湘妃子在武林中有名的心高氣傲，此刻心情本壞，在這種厲叱之下，不禁氣往上衝。

她雙臂微張，在空中微扭轉腰，硬生生將自己的身形，轉變了一個方向。

可是，就在她這微一轉折之間，已有幾縷尖風，向她襲來。

在黑暗之中，這幾縷尖風閃著烏光，風聲凌厲，來勢極速，而且發暗器的部位，極為刁鑽霸道，兩襲前胸，一擊面門，卻又有兩點寒光，是打向她身側兩邊的空間。

這一來，蕭南蘋無論上拔、斜掠，可都在他的暗器控制之下。

這種發暗器的手法顯見得是極為高明。而且這暗器發著烏光，無疑上面已有極厲害的毒藥。那發暗器的人，在動手之先，竟沒有先喝聲「打」，可見他心狠手辣，對一個未分敵友的人，就施出這種辣手來，連江湖規矩，全不放在心上。

可是，以暗器一道來講，昔年「蕭三爺」，可說得上是頂兒尖兒的高手。蕭南蘋家學淵源，暗器一門功夫，也是早就聞名江湖的。

此刻她雖然身形剛剛轉回來，可是光從這暗器的風聲，她已經知道了這些暗器襲來的部位。

當下她再一提氣，身形唰地，朝後面倒縱回去。等到這幾點暗器，已成強弩之末，她再微錯腳步，雙掌反揮，襲向她身上的三道烏光，就全都被輕描淡寫地擊落了。另外兩點暗器，本來就不是朝她身上招呼，她身子沒有左右掠動，此刻自然也全落了空。

發暗器的人，不問可知，自然就是那多手真人謝雨仙了。

此刻他冷笑一聲，厲喝道：「好朋友！有兩下子，再接這個！」雙手連揚，「嗖嗖」，竟又是十幾道烏光，從他掌中揮了出去。

謝雨仙掌中所發出去的暗器，正是江湖聞名而色變的「五蛇骨針」。這種暗器，全是以毒蛇的骨骼，再浸以極厲害的毒藥製成的，見血封喉，子不見午，午不見子，只要被這暗器稍為劃破一點皮肉，不到一個對時，便得嗚呼，可謂霸道已極！

而他發暗器的手法，竟是雙手「漫天花雨」。這種手法，在武林中可稱得上是一絕，不然，謝雨仙怎會以「多手真人」名滿天下。

可是，他卻想不到，自己此刻所遇著的，也是暗器中的大行家。

蕭南蘋在稍一喘氣之後，掌中也已準備好了一掌「五茫珠」。暗器之中，「五茫珠」可算得上是極為光明正大的一種。

可越是這種光明正大的暗器，在名家手中，威力也是越為驚人。

此刻她纖掌微揚，七道銀光便帶著輕微的嘯聲，向謝雨仙所發出的十幾道烏光迎去。而她的身形，也在這一揚手之間，倏然滑出六尺。

「叮噹」幾聲微響，多手真人謝雨仙的烏光，便已被擊落了一半。可是那七道銀光，勢頭仍未減弱，仍然帶著嘯聲擊向謝雨仙。顯然可見，發出這七道銀光的力道，是極為驚人的！

筆下寫來自慢，然而這些事卻只不過是一瞬間的工夫。

謝雨仙眉頭微皺，左右騰挪，避開這幾道銀光。鐵掌微抄，又將一粒「五茫珠」抄在手裡，目光微閃，不禁厲喝道：「朋友且住手！亮個萬兒，若是『蕭三爺』什麼人，我姓謝的可得賣個交情。」

蕭南蘋冷笑一聲，知道這謝雨仙已認出自己的爹爹昔年名震武林的暗器。兩道細長的柳眉一展，冷笑著厲聲喝道：「誰要你賣交情？」

雙手再揚，左右雙掌，竟也是使出暗器中的絕學「漫天花雨」，微嘯聲中，又是十餘道銀光電射而出，朝多手真人襲去。

哪知就在這十餘粒「五茫珠」已將到達謝雨仙身前的時候，突地又有一聲輕喝，謝雨仙身上，竟生是突然飛來一片金牆，迎著那十餘粒「五茫珠」一擋，只聽得又是「叮噹」幾聲輕響。

接著，那道金牆卻又反捲了回去，而那十幾粒「五茫珠」，卻也就無影無蹤了。

蕭南蘋不禁微變臉色，目光瞬處，原來在那多手真人謝雨仙身側，站著一個矮胖的金衣人，手裡垂著一片網狀的東西，而那十餘粒力道強勁的「五茫珠」，便是被這網袋的東西收了去。

蕭南蘋暗中不禁大吃一驚！她年紀雖輕，但卻是個老江湖了。此時她從那矮胖的金衣人手裡拿著的那東西上，便已猜出此人的來歷。

「此人莫非是韋傲物？」

原來武林之中，凡是使暗器的人，莫不怕遇著「七海漁子韋傲物」。因為此人所使的兵器，怪道已極，竟是一面漁網。

這面漁網，可不是普通的漁網，而是以一種奇異的金屬摻和著烏金打造的金絲編成的。不但專破天下各門各派的暗器，而且招式自成一家。這七海漁子的「萬兒」，也因之在武林中叫得極響。

普天之下，使這種怪異的兵器的，只有七海漁子韋傲物一人；而普天之下，使暗器的人，也莫不知道有著這麼一位人物。

蕭南蘋一見此人手中的金網，再加上人家方才破去自己暗器的手法，心裡再無疑問，這個矮胖的金衣漢子，便是名震武林的人物之一——七海漁子韋傲物，心中吃驚之下，又不禁奇怪：「這韋傲物一向獨往獨來，此刻怎的也入了天爭教下？」

第四六章　七海漁子

這「七海漁子」韋傲物右手一抖，將網裡的「五茫珠」全都抖落在地上，哈哈一笑道：「朋友是黑道還是白道的？是不是『蕭三爺』的門下？不妨先亮個『萬兒』。朋友，黑夜裡竊聽我兄弟們的談話，是為著什麼，衝著什麼來的，也請告訴我姓韋的一聲，韋某雖不才，但好歹也得給朋友一個交代。但朋友若這麼藏頭露尾的，可就顯得有點不夠交情啦，那就別怪韋某也不夠朋友。」

這韋傲物笑容滿面，但講出來的話，可是句句都帶著極重的分量！

蕭南蘋心裡雖已有了怯意，但口頭上仍不肯示弱，也冷笑一聲道：「天下路天下人走得，這條道又不是你們買下來的，我為什麼不能走。」

她又冷笑一聲，道：「我是走道的，誰要偷聽你們談話。什麼交情不交情，我不懂！」

她一面說著話，一面心裡更慌，因為這時遠遠又有兩個人奔來。自己孤身一人，光是這兩人，自己已經不能應付了，此刻人家又來了幫手，萬一言語一個弄僵，動起手來，自己可就得吃虧。

但是她自幼嬌縱成性，行走江湖時，人家就是不畏懼她的武功，就衝著她這份漂亮，再加上她爹爹「蕭三爺」的名頭，也得讓她三分，是以也就更養成了她這種嬌縱的脾氣。

此刻她心裡雖已軟了下來，但言辭上，卻仍然硬得很，不肯饒人。

那多手真人和七海漁子，同時陰惻惻一聲冷笑。

謝雨仙搶先冷笑道：「那麼閣下就請將聽過我兄弟談話的兩隻耳留下來，不然……」

他又冷笑一聲。

這時後來掠來的人影，已站到韋傲物身後，在夜色中看了蕭南蘋一眼，忽地附耳朝韋傲物低語了幾句。

蕭南蘋此時已自全神戒備，目光瞬處，她看到掠來的是兩個穿著長道袍的年輕漢子，想必是先前在終南山上喬裝道士的天爭徒眾。

她一向專門削人家的耳朵，此時卻被人家要自己削去耳朵，心裡不禁有些哭笑不得的感覺，眼睛望著謝雨仙，看看他冷笑過後，還會說出什麼話來，還是一言不發，就向自己動手。

哪知謝雨仙冷笑了幾聲，還沒有說話，那七海漁子韋傲物卻已經大步向前跨了一步，連聲大笑著，竟朝蕭南蘋當頭一揖。

這一下不但蕭南蘋為之愕住，那多手真人也不禁色變，不知道這七海漁子忽然對人家作起揖來，究竟是為著什麼。

他哪裡知道那兩個身穿道袍的天爭教徒，先前在終南山入山的路上，曾經見過伊風和她之面，後來伊風突然現身，驚走了來自青海的錢翊和多手真人等十餘個名劍手時，他們也曾目睹。

他們後來聽到了多手真人等人的話，自然以為伊風就是他們從來沒有見過面的教主，此刻也自然以為蕭南蘋是教主的朋友。

是以他們對七海漁子一說，七海漁子便立時前倨而後恭起來。

韋傲物長笑過後，突地一整臉色，莊容向南蘋說道：「先前冒犯之處，請閣下恕罪。只是韋某卻有一事請教：今晨與閣下同行之人，與閣下可是素識，此刻到哪裡去了？」

這韋傲物聽了他門下的弟子的話，此刻言辭之中，竟還保留著三分，果然不愧是老江湖！

蕭南蘋又何嘗是笨人。心中一轉，也知道了人家話中之意，心念數轉之下，卻故意鐵青著臉，冷笑著說道：「與我同行，自是我友，不過我卻不會去管人家的行動，他到哪裡去了，我也不知道。朋友們如是那人的朋友，自然無話可說，朋友們若和那人有著樑子，區區雖然不才，卻也可以代那人接著。」

她玲瓏剔透，故意裝著不知道此事的究竟，先將對方套住。

韋傲物哈哈一笑，道：「明人面前不說暗話，我兄弟是什麼人，朋友難道還會不知道?閣下既然不肯相告，韋某只得先將朋友留住。」

這七海漁子不但武功自成一派，而且為人機智深沉，在天爭教下，他是教主的智囊，此次終南山之變，也是這位人物一手策劃。

他對此事，本就有著懷疑，是以先前才會和謝雨仙發生爭執。蕭南蘋此刻若編個謊話，倒也好了，她卻偏偏也賣弄機智，哪知聰明卻被聰明誤，試想她若真是天爭教主的朋友，此刻哪會不知道對方是什麼人，而說出這種話來？

韋傲物疑念一生，說話之間，身形已動，手裡的金絲漁網微抖，如使一堵金牆，向蕭南蘋當頭壓了下去。

這一變變得又極其突然，蕭南蘋大驚之下，嬌軀一轉，身子方溜開幾步，哪知那片金絲漁網，方向一轉竟橫著向她捲去。

蕭南蘋動手的經驗，雖已可算不少，但這種霸道的外門兵器，她倒還是第一次遇上，腳步一錯，只得再避開，連還手之力都沒有。

七海漁子冷笑一聲，手腕一抖，那張金絲漁網雖然原封不動地向蕭南蘋襲去，但卻已變成一條長約五尺的金色軟棍。

這金絲漁網，被他的真力所收，竟以軟棍的招式，向蕭南蘋脅下的「章門」大穴點去。

這種以棍點穴的招式，蕭南蘋卻較為熟悉些。她雖然驚異於這七海漁子招式的玄異，但本能之下，身軀向一轉，左掌唰地，向韋傲物右腕猛切，右手卻自反腕撤劍。

她以攻為守，欺身進招，本是妙招，哪知七海漁子哈哈一笑，笑聲中手腕一抽一帶，那條金色軟棍，便又忽地張開。

蕭南蘋只覺眼前金光又暴漲，心知不妙，但她此時全身的力道，已用作攻敵，此刻這片金絲漁網一張開，對手就完全被保護著了，連一絲空隙都沒有，而自己卻全身都在人家的威力所籠罩之下，雖然抽身後退，但卻已來不及了。

她只覺得那片漁網漫天向自己罩了下來，右手反揮，雖一劍揮出，但卻軟軟的一絲著力之處都沒有，自己連人帶劍，竟都被這張漁網罩住。

多手真人冷然一笑，道：「韋香主果然好功夫，今日謝某人倒真是開了眼界。」

雖是恭維之話，但語氣裡卻沒有半點恭維的意思。

原來天爭教下的教眾，共分五級，金衣香主在教中是一流的身分，能夠有資格在天爭教裡著上一襲金衫的，在江湖上自然也不會是無名之輩，但在金色香主之中，武功、身分，卻仍然有高下之分。

他們雖然同在天爭教下，但這些本已在武林中成名立萬，各享盛名，各有地盤的江湖高手們，卻仍然不免互相猜忌、排軋。

七海漁子韋傲物，以自身的名望、武功和機智，在武林中本已是頂層人物，入了天爭教，更成了第一流的紅人。

但多手真人橫行川黔多年，萬兒也極響亮，本已不買這七海漁子的賬，再加上這終南山一事，彼此又新生芥蒂，是以謝雨仙看到七海漁子生擒了蕭南蘋，卻以為他是搶功。言語之中，自然不快。

七海漁子心裡暗哼一聲，表面上卻絲毫不露出來，仍然笑道：「謝香主過譽了，江湖之間，誰不知道多手真人在暗器上，有著獨到的功夫，雙手『漫天花雨』之外，還有著『柳絮迴風』的絕技。」

多手真人仰天一笑，卻道：「韋香主想是成心要我姓謝的好看，普天之下，誰不知道七海漁子的金絲神網，是天下各門派暗器的剋星。」

七海漁子知道他吃了味了，微微一笑，卻也並不解釋。

多手真人謝雨仙朝那仍在金絲漁網裡掙扎著的蕭南蘋，望了一眼，冷冷地一笑，說道：「此人既然被韋香主擒得，自然全憑韋香主處置。日後教主若怪罪下來，憑韋香主的身分地位，自然也擔當得起……」

他目光一掃，又冷笑一下，接著道：「至於在下麼……卻萬萬擔當不起，此刻只有告退了。」

他先前也經那兩個天爭教徒告知了此刻被七海漁子擒住的人是誰，是以此刻才說出這種話來，先推去了自己的責任。

韋傲物心裡卻另有打算，仍然陰惻惻地笑著。謝雨仙面色變得更加難看，冷哼一聲，一跺腳，身形倒縱而起，竟如飛掠走。

韋傲物望著他的背影，冷笑了幾聲，此刻雖無舉動，心裡卻種下了日後藉故除去這個和自己不對之人的殺機。

然後他俯身向蕭南蘋道：「朋友！放安靜些吧！」隨著話聲，左手並指如刀，刀去如風，「嗖」地，竟從金絲漁網的網眼中，點中了蕭南蘋頭頂正中的「崑崙」穴。

此穴乃人之一身百脈會聚之處，本已羞憤、急怒交加的蕭南蘋，在他手指的輕輕一點之下，竟全然失去了知覺。

韋傲物右手一抖，將罩住蕭南蘋的金絲漁網撤了下來，轉身回顧始終站在他身後的那兩個天爭教徒，沉聲道：「將這人扛起來，弄輛大車，此間事情已了，我們連夜趕回江南總舵去。」

他輕聲又一笑，道：「你們相不相信，說不定這兩天我們教裡，已出了許多莫名其妙的事呢？」

這兩人心裡雖不明白韋香主為什麼這麼做，但知道這素以機智見稱的七海漁子此舉必有深意，是以答應了之後，便一個箭步掠到蕭南蘋身前，伸手從她的脅下抄了過去，但一觸她前胸，他不禁微微驚呼一聲，道：「此人原來是個女子！」

第四七章　伊人有訊

蕭南蘋再次恢復知覺的時候，滿耳車聲轔轔，她知道自己是在車上。但是目光一轉，這輛車子裡，除了自己之外，竟再無他人。

「他們到底將我怎麼樣了……」

她心裡正思索，窗口已探進一個頭來，卻是七海漁子韋傲物，望著她微微笑道：「我已知道你是個女子，決不會難為你的，何況我從你隨身帶著的暗器上面，也猜出你大概就是『蕭三爺』的女兒，他老人家在世的時候，和武林中的朋友，都相處得很好，我看在他的面子上，更不會對你怎麼樣，只要事情弄清楚了，就馬上放你回去。」

他笑容忽斂，又道：「可是你也不要妄動，此時你氣血相交之處的『腹結』穴，已被我點住，也用不得力。」

他忽又一笑：「何況你坐在車上，也蠻舒服的，這麼冷的天氣，不比我騎在馬上，要舒服多了嗎？」說著，他又縮回頭。

蕭南蘋心中暗氣，但試一運氣，便立即受阻，知道這七海漁子所言非虛，心裡雖有氣，可也沒有法子。

車子白天走著，晚上歇下，可卻也不將蕭南蘋搬下車，她倒也落個清靜。

這七海漁子雖陰凶狡狠，但卻不是好色的淫徒，每天也按時給蕭南蘋送些吃食，不讓她餓著。

車子走了好多天，心傲氣高的瀟湘妃子，在這兩天裡，可被折磨得夠了。她恨不得伏在車子裡大哭一場，卻又怕被車子外面的韋傲物聽到，只有將滿腹的委屈，深深藏起來。

她儘量不去想伊風，但是伊風的影子，卻偏偏無時無刻不闖進她心裡。

她柔腸百結，滿腹辛酸，可卻能向誰去訴說呢？

她坐在車子裡，也不知道自己到底到了哪裡。

但是，一天，她忽然聽到車子後面，有一個人大聲叫著：「韋香主！韋香主！」

車子便緩緩停了下來，一陣急遽的馬蹄聲，然後在車旁停下，一個中氣頗足的聲音在車窗外響了起來，說著：「韋香主！遇著你真好極了！你不知道，小弟這兩天真奇怪得緊，若不是又碰著老兄，可真要將小弟悶死了！」

又聽韋傲物笑著問：「什麼事能讓你盤龍棍蔣伯陽急成這副樣子的？小弟倒也奇怪得很。」

車廂裡的蕭南蘋不禁又皺了一下眉，忖著：「怎的少林門徒中也有人入了天爭教！看來這天爭教的勢力，真的日益壯大，連盤龍棍蔣伯陽竟也被他們收羅了去。」

她不禁暗暗地著急，她的「南哥哥」的仇難報。

卻聽那以少林「一百零八南伏虎棍法」及掌中亮銀盤龍棍名震河朔的蔣伯陽道：「韋兄！你知不知道教主這兩天為什麼到了河南來？我在開封遇著教主，教主就叫我召集滿城的弟兄，當晚在城外開壇，這已是破天荒的事了。到了晚上，大夥兒就都在恭候教主的大駕，哪知教主卻沒有來，這還不說，卻不知從哪裡來了幾個蒙著面的傢伙，竟將我們在開封城裡的舵給挑了。」

那七海漁子雖然驚「哦」了一聲，卻聽蔣伯陽又補充著說著：「那幾個蒙面漢子武功竟都極高，使的卻是關內絕未見過的劍法。韋兄！你是知道的，開封舵下，並沒有什麼好手。至於小弟，唉——雙拳難敵四手，勉強抵敵住一陣子，身子也掛了彩。」

他頓了一頓，想必是當時他見機不對，就先溜了，是以此刻略略帶過一句，就又說著：「此事太過蹊蹺，小弟正想趕到總舵去問問，哪知卻在此地遇著老兄——韋兄！依你之見，這究竟是怎麼回事呢？」

車廂裡的蕭南蘋心裡不禁怦怦跳動著，從這蔣伯陽的話中，她知道這事必定就是伊風和那「飛虹七劍」幹出來的。

「想必是南哥哥對『飛虹七劍』也說出了真相，是以便挑了天爭教的分舵。但是南哥哥現在在哪裡呢？他知不知道我現在正在受著罪？他若知道，會不會到這裡來救我呢？」

她不禁又長歎了一口氣，但卻又趕緊將歎氣聲收住，生怕被那機智深沉的七海漁子聽到。

車廂外沉默了半晌，想在那韋傲物也為著此事而沉思著。

忽地，卻聽他朗聲說著：「此事實在透著古怪，小弟也不知道。依小弟之見，蔣香主最好還是先回開封城去，將剩下的兄弟整頓一下，先將開封分舵再整理起來。別的事，等小弟回到總舵，查清了真相，再來通知你。」

他似乎也長歎了一聲，那盤龍棍蔣伯陽沉吟了半晌，也道：「既然如此，小弟就先回去了。唉！真想不到，在開封城裡辛辛苦苦創立下來的基業，卻這麼樣糊裡糊塗地斷送了大半。」

這兩人像是心事重重，又沉默了半晌。蕭南蘋又聽了一陣馬蹄聲，漸行漸遠，她知道那盤龍棍蔣伯陽已經走了。

接著，馬車又復起行，蕭南蘋的心裡，不禁又喜又怒，思潮又紊亂了起來，這當然是因著她驟然聽到伊風的消息。

車子走了一陣，卻非常例外地在白天就停下了，蕭南蘋從外面喧鬧的市聲裡聽出來，停車的地方是在一處人煙頗稠的城裡。

更例外的是：竟有兩人從車子裡將蕭南蘋扶了出來，搭進一家客棧裡，而那七海漁子韋傲物，卻不知跑到哪裡去了。

蕭南蘋在心裡暗中猜測，這韋傲物必定是去打探消息去了，此時守在她旁邊的，是兩個年輕的漢子，他們雖然脫下了道袍，但是蕭南蘋卻知道，他們就是那兩個曾喬充道士的天爭教下的小嘍囉。

她被搭進一間頗為寬敞的房間裡，那兩個年輕的漢子卻守在旁邊，她知道憑自己的一身武功，不難將這兩個漢子收拾下來，但自己「氣血之囊」——腹結穴已經被點住，渾身連一絲力氣都用不上來，只有眼睜睜地躺在床上，又有什麼別的法子？

這兩個漢子嘻嘻哈哈地扯著閒篇，有許多話教蕭南蘋聽了，恨不能將這兩人的舌頭齊根切去，但這兩個年輕而輕薄的漢子當然知道，這江湖上素稱招惹不得的瀟湘妃子，此時根本無能為力，是以話越說越不像話，笑的聲音也越來越大。

而蕭南蘋呢，此時只要這兩個漢子不向自己動手動腳，她已謝天謝地了，此外，她想不聽人家的話，卻也沒有辦法。

她只有去想伊風，因為只有想到他時，才能忘記一些煩惱。然而，另一些煩惱，卻又隨著伊風的影子，湧近她的心裡。

光線愈來愈暗，她知道天已經黑了。

少時，房裡掌上燈，但七海漁子不知怎的，卻仍然沒有回來。巴結的店小二，又送來些酒菜，蕭南蘋閉起眼睛，心裡更亂了。

突地，她肩頭被人推了一下，睜眼處，一個漢子正嬉皮笑臉地望著她笑，問道：「你吃不吃飯呀？」

蕭南蘋搖了搖頭，又閉起眼睛。那漢子嘻嘻哈哈地笑著，走了回去。接著蕭南蘋聽到他們猜拳的聲音，想必是這兩個漢子，已在喝著酒了。

一會兒，這個漢子又唱起小調來，只聽那漢子拍著桌子唱道：「碧紗窗外靜無人，跪下身來忙要親，罵了聲負心回轉身，哎喲喲，其實呀，是一半兒推辭一半兒肯。」

蕭南蘋心裡亂得像是她自己此刻的頭髮似的。忽地，她嗅到一陣撲鼻的酒氣，一顆心立刻跳到腔口，睜眼一看——

一張紅得冒汗的臉，正帶著醺人的酒氣，朝自己臉兒湊了上來，嘴裡仍然在哼哼哈哈，胡言亂語著：「我看你呀，小妹子！你也是一半兒推辭一半兒肯喲！」

另一人哈哈怪笑著，道：「好小子！你有種！不怕等會韋香主切下你的腦袋，我，我呀……」

他哈哈怪笑一聲：「我呀！可也有點熬不住了。」

蕭南蘋此刻正像是萬丈洪流的溺者，眼看那張臉愈湊愈近，她想伸手去推，又想伸腳去，但這張臉，卻已將湊到她臉上了。

這無助的少女，又有誰來救她呢？

第四八章　情思逶迤

猶有春寒。

是以蕭南蘋此刻穿著的，仍是厚重的衣裳，但「嘶——」的一聲，她的前襟，仍然被撕開了。在這一瞬息，她的心像是被人刺了一劍似的，因為她知道將要發生的事。

怪笑聲，像是梟鳥的夜啼，又像是狂犬的春吠，在她耳中，混雜成一種難以忍受的聲音。

然而，就在這可怕的事情將要發生，卻沒有發生的一刹那裡。

突地——混亂的笑聲，像冰一樣地凝結住了，接著是一聲慘號。

蕭南蘋為這突生的變故，睜開眼睛來，眼前那紅得冒汗的臉，已經不見了，她目光一瞬，一條英挺的人影，正一掌劈在另一條漢子的頭上。那年輕而輕薄的漢子，也慘號了一聲，隨著他的同伴死了。

蕭南蘋狂喜著，那英挺的人影一回頭，一張她所熟悉的面孔，便立刻湧現在她眼裡。她此刻若不是穴道被點，怕不立刻跳了起來。但她此刻連一絲力氣都沒有，她只能輕微，但卻狂喜地喊了聲：「南哥哥！」

這三個字像是一章極其美麗的曲詞，悠然而漾，然而又收束在「南哥哥」三個字上。

她看到「南哥哥」帶著一臉笑容掠到她床前，她看到「南哥哥」的眼睛，看著自己的胸前。

當然，她知道這是為什麼，她雖然也有些羞澀，但是她卻毫不憤怒。女子被她所愛的人看著自己的身子，縱然那是在一個並不適當的情況下，可也是僅有羞澀而無不快的。

羞澀之中，她的心跳加快了，因為「南哥哥」已伸出手，為自己拉上胸前敞開的衣襟，那可愛又可恨的笑容呀——她的臉紅了，正想問「南哥哥」

怎麼不說話，但是「南哥哥」的臉——他還沒有將自己為他易容的化裝拿掉——卻突然變了。

她當然也隨著一驚，凝神聽處，原來門外已響起那七海漁子說話的聲音，於是她又惶恐地低喚了一聲：「南哥哥。」

但是她這三個字還沒有完全喚出來，「南哥哥」的手，已掩住她的嘴巴，另一隻手卻抄起她的腰肢，將她攔腰抱了起來。

然後，他猛一長身，腳尖頓處，倏然從窗中穿了出去。

蕭南蘋只覺得自己在她的「南哥哥」那強而有力的臂彎裡，那種感覺是無與倫比的美妙！

雖然他正以一種超乎尋常的速度，向前飛掠著，而使挾在他臂彎裡的蕭南蘋，有一種眩暈的感覺。

但是，在蕭南蘋心裡，這種眩暈的感覺，卻像是自己躺在天鵝絨的那麼柔軟的床上似的，只是偶爾發出一兩聲幸福的呻吟。

也不知道他飛掠了多久，蕭南蘋感覺到自己已上了一座山，又進了一個樹林子，她看到了地上的積雪，雪上的殘枝。

「南哥哥為什麼要跑到這種地方來呀？」

她詢問著自己，但隨即又為自己尋求著解答，在此時，無論是什麼解答，也都能使這癡情的少女滿意的，因為她正躺在她愛著的人的臂彎裡，這不是比任何解答，都要美妙些的事實嗎？

終於，他停下來了。蕭南蘋張開剛剛閉上的眼睛，看到自己已經置身在一個洞窟裡，於是，她不禁又有些奇怪。

但是這奇怪的感覺，是那麼微弱，比不上她心中喜悅的十萬分之一。

於是，她被安安穩穩地放在地上，呀，不是地上，而是床上，床上還有溫軟的棉褥，墊在下面，「這是怎麼回事……」

但是「南哥哥」滿帶笑容的臉，又浮現在她面前了，光線雖暗得使她看不清他臉上的笑容，但是那溫暖的笑意，她卻感覺得到。

想不到，她終日所企求的事，卻在這種情形下達到了。

她幸福地又低喚著：「南哥哥……」腰間一鬆，她的穴道雖然被解開了，然而她更軟軟的沒有力氣，此情此景，她又能說什麼話呢？

於是，幸福變為痛苦，痛苦變為幸福，幸福著的痛苦，痛苦著的幸福，世事遙遠了，世事混沌了，迷亂了，天也亮了。

蕭南蘋嬌慵地翻了個身，呀！她那身旁的人兒卻已走了。

她揉一揉眼睛，眼波流轉，這是一個加過人工的山洞，但是，山洞裡卻是空洞洞的，連半個人的影子都沒有。

「難道是個夢？」

她跳了起來，又痛苦地輕輕皺了皺眉，替自己下了個決定：「不是夢呀。」因為昨夜的迷亂——溫馨的迷亂，此刻仍留在她的心底，她記得，非常清楚的記得。

只是在這種迷亂之中，南哥哥曾經問過她什麼話，和她自己回答了什麼，她卻已忘記了。

但這些是無足輕重的，因為別的事，遠比這些話重要得多。

「或者他出去了，或者他去為我找尋食物去了，他立刻就會回來的。呀！多麼奇妙！原來人間歡樂，是比痛苦多些。」

她安慰著自己，又嬌慵地倒在床上，那是一張石床。這山洞裡除了這石床之外，還有著一張石桌子，還有著一些零亂的什物。

「這也許是他在避仇時為自己佈置的山洞吧！他是個多麼奇妙的人，我只要能和他在一起，縱然終日住在這山洞裡，我也高興。」

她情思如流水，迴轉曲折，時間便也在這逶迤的情思裡，消磨了過去。時間在等待中雖然緩慢，但卻終於過去了。

漸漸地蕭南蘋的心，由溫馨而變為焦急，由焦急而變為困惑，再由困惑而變為惶恐，然後，這份惶恐又變為驚懼了！

一些她在狂喜中沒有想到的事，此刻卻來到她腦海裡：「他怎麼會知道我在客棧裡？他怎麼會在一句話都沒有說的情況下，對我……對我這麼好？他不是這樣的人呀！」

蕭南蘋的臉，由嫣紅而變為蒼白了，甚至全身起了驚恐的悚慄！

「如果他不是南哥哥，會是誰呢？難道……難道是他！」

「天爭教主蕭無」這幾個字，在這可憐而癡情的少女心中一閃而過，她腦中一陣眩暈，再也支持不住自己的神志了！

一片混沌之中，她好像看到那張臉，飛旋著，帶著滿臉的獰笑，朝她壓了下來，那張臉，本是她親手在另一張不同的臉上造成的。

那時候，只要她在為著一個她所愛著的人易容的時候，稍為變動一下手法，那麼對她來說，這世界此刻就會是另一個完全不同的世界。

誰也不會想到，在這雙纖纖玉手之下，不但改變了她自己的命運，改變了另一些人的命運。也改變這武林的命運。

這張臉，在她腦海中撞擊著，飛旋著。

她踉蹌地爬了起來，踉蹌地穿上衣服，在這已改變她一生命運的山洞裡，巡視了一下，然而，這裡卻沒有留下任何能使她辨明自己此刻所處位置的東西。

於是，她又踉蹌著走了出去，洞外還有一條數丈長的隧道，她踉蹌地走出這條隧道，蹣跚地從裂隙中爬了出去。

洞外的一切，並沒有因她的改變，而有絲毫的改變。

她在積雪的山道上踉蹌地走著，身後留下一連串凌亂的腳印。

她捕捉著腦海中，一些斷續的構思：七海漁子出去找著了蕭無——蕭無知道了有人和他面貌相同——又知道我是這人的朋友，於是他們就做下了圈套。

一個個片段湊起來，就變成了這殘酷的事實，這殘酷的事實壓在她心上，甚至把她的靈魂都壓得已滴出苦汁來。

但是，她仍然企求著，盼望著，希望這僅不過是她的狂想，希望昨夜的「他」真的是「南哥哥」。

這似乎已經絕望中的希望，此刻就支持著她的腳步，使這本來嬌縱而狠心，這可憐而癡情的少女，能繼續向前面走著。支持著她虛弱的身軀，還沒有倒下來。

上山的時候，她是被挾持在「他」的臂彎裡，迷惘而眩暈。

此刻，她在尋覓著下山途徑的時候，才知道這座山，遠比她想像之中要高得多，積雪的山路尤其難行。她不得不收攝一部分神志，提著氣向下面走著，漸漸，她的身法不知不覺地加快了。

但走了一陣，她卻不禁又停住腳步，因為此刻她竟發現她所採取的這條山路，竟然又由低而高，前面竟是一處山峰。

有一條很窄的山路，沿著峰側向後面伸延了過去。但是因為她看到的一部分，並不太長，是以她不能以此推斷這條路向上行，抑或是向下的，於是站在這山峰前，她怔了半晌。

她此刻若是心神安定而體力充沛的，那麼，她一定就會從前面的那條路走過去，即使那條路是上行的，她也會探測一下。

但是她此刻卻是心神迷惘，體力勞瘁。

於是她只有歎息一聲，往回頭走去。但她本身是「下山」的，此刻一回頭，卻又是漸行漸上。

這其中似乎又包含著什麼哲理，但是，她卻沒有這份心情去推究它，因為體力的不支，使她的腳步又放緩了，但昨夜所發生的那使她「心碎」的事，又如潮地湧回她破碎的心裡。

忽地一個聲音，使她的心情，驀然從迷網中驚醒了，這聲音是這麼熟悉，她連忙停下腳去捕捉它。

但是，這聲音本就來得非常遙遠，此刻更已渺然，她凝神傾聽了半晌，最後，終於一咬牙，朝那聲音的來處掠了過去。

此時，她的精力似乎已恢復了，原來方才她所聽到的那聲音，似乎是屬於「南哥哥」的，而假如「南哥哥」真的在這山裡，那麼不就可以證明昨夜的「他」，真是「南哥哥」了嗎？

那麼，她自己方才有關此事的那些不幸的推測，就變得極其可笑了。這是一種多麼值得她狂喜的事！在這種情況下，縱然這聲音是來自天邊，她也會去追尋的，縱然她雙腳已不能行動，那麼她即使爬著也會爬了去的。何況她此刻還能飛掠呢？

山路的兩旁，是已枯凋的樹林，但林木卻極密，下面是混合著已融的雪水、殘敗的枯枝和一些未融的冰雪的泥地。她艱難地在這種情況下掠行著，搜尋著，在經過一連串困苦的攢行後，終於，她發現了一件她寧可犧牲一生的幸福，甚至她的生命來換取的事——

第四九章　凌空飛閣

蕭南蘋在絕望中捕捉了一絲希望，她就不顧一切地朝這希望追尋了去。

枯林的光線，隨著腳步的往內每行一步，而變得越發黑暗。到了後來，林中竟然虯枝盤糾，日光想必已被山峰擋住。她雖然自幼練武，目力自然異於常人，此刻也不禁放緩了步子。

一種陰暗潮濕的黴味，使得她心裡大翻，湧起一陣想吐的感覺。

她艱難地在這陰晦的森林裡攢行著，縱然她知道在這種終年不見行人的密林裡，蛇蠍毒蟲定然很多，說不定什麼時候，就會蹿出來咬自己一口，但是，她仍然沒有後悔的意思。

因為，這有關她一生的幸福，這密林中雖然是陰晦的，但是她心裡，卻已現出一幅極其光明的圖畫。

「今天早上，南哥哥為我出來找食物，哪知卻被陷在這密林裡了，尋不著出路，方才我聽到的聲音，就是他在這密林裡的呼喚。」

她幸福地思索著，雖然又不免為「南哥哥」擔心起來！

「假如我找到了他，他該多麼高興呀！昨天晚上，他……」

這癡情的少女臉紅了，更加努力地朝前面走了過去，密林裡的困阻雖多，然而，卻阻止不了這少女尋求幸福的決心。

忽地，她似乎又聽到一連串隱約的人聲，從右面飄了過來。

她不禁暗自慶幸，自幼至今的訓練，使她有這異於常人的聽覺，才能使她聽到這些，於是她毫不猶豫地朝右面繞了過去。

她雖然沒有聽清這人聲是屬於誰的，但是，在這種密林之中，難道還會有別人在這裡？

前面的虬枝糾結更多，她反手背後，想抽出背後背著的劍，但伸手去抽了個空，她不禁啞然失笑，在經過這許多天的波折，和昨夜的那件事後，自己背後的長劍，怎會還在原處呢？

於是她只得用手去分開前面糾結著的樹枝，走沒多遠，忽然發現林中，竟有一條上行之路，寬約四尺，蜿蜒前行。

她在這路口考慮了一下，目光四掃，看到立身之處，前後左右都是密林。只有這條路，上面雖仍木枝密覆，兩旁也有林木，但路卻是寬仄如一，地上連野生的雜草都沒有什麼。

她心中不禁一動：「這條路難道是人工開出來的？」

在這種地方會有人工開出來的路，不是太值得奇怪的事了嗎？

於是在她心裡本就紊亂糾結的各種情感裡，此刻又加了一份驚異和奇怪，卻又禁不住加了一份人類與生俱來的好奇之心。

於是她考慮了半晌，終於循徑盤升。

她走得很快，瞬息之間，便上掠了數十丈。但在這種地方行路，她仍是極為小心的，目光極為留意地朝前面看著。

忽地，她極快地頓住身形。

原來地勢忽然中斷，前面絕望深沉，竟然深不見底，形勢之險惡，使得她不禁為之倒抽一口涼氣！

她的心又往下沉了下去，正自暗歎著自己的這一番跋涉，至此已全部成空，幽幽地長歎了一聲，伸手去拭額上的汗珠。

但是手一觸到面額，她又倏然縮了回來。原來她此刻才發覺自己那一雙手掌，此刻已是鮮血淋漓，顯然是方才自己用手去分開糾結的木枝時，所受的傷，此刻才覺出疼痛。

這癡情、可憐而無助的少女，站在這陰峻冥沉的絕壑之前，不自覺地，已流下淚珠了！

淚珠，沿著她的面頰流下來，她反手用手背去擦拭一下。

忽地，目光動處，她發覺左側似有一條路，通往絕壑的那面。

於是她精神又自一振，連忙繞了過去，前行方一丈，目光前望時，她不禁驚喜得險些暈了過去。

原來，她這才看出，這絕壑本是橫亙半空中，對面卻有一個極廣大的石樑，恰好將絕壑的兩邊連住，石樑的三面，雖然還是密林環繞，但衝著自己這一面，卻是空空的沒有樹木。

在這片石樑上，竟有一宇樓閣，一眼望去，竟像是凌空而建。最妙的是：在這宇樓閣之側，還有一處飛亭，而在這飛亭裡，倚著欄杆俯首深思的，卻竟是她朝夕相思的「南哥哥」！

此時，她的理智完全被狂喜淹沒了，根本沒有想到，在這種荒山、密林，這麼奇險的地勢，怎麼有這種樓閣！

也沒有想到，昨夜的「他」若是南哥哥，此時怎會在這裡！只認為昨夜的事，既是在這山中發生的，而這裡既有個「南哥哥」，便是值得狂喜的事。卻也沒有想到，此刻站在這飛亭之上的，不也可能就是那天爭教主蕭無嗎？

世上若有兩人面貌完全相同，有時便會生出一些極其離奇的事來。若這面貌完全相同的兩人，身世、性格迴異，身心、行事也不同，而又處在極端敵對的地位中，那麼，所發生的事，自然就更加詭異。

何況這面貌完全相同的兩人之中，還有著一人，他的面貌，是經易容之後而如此的呢？

那麼，此刻在這飛亭之上，俯首沉思的究竟是誰呢？伊風？蕭無？

昨夜在那山窟之中，和此刻在這飛亭之上的，是不是同一人呢？若是，那他是伊風還是蕭無呢？

若不是，那麼誰是伊風，誰是蕭無？這兩人為什麼會這麼湊巧，同來一山之中？

而這個詭異的飛閣，又是屬於何人的呢？

若有人問你這些問題，那麼請你回答他：「看下去！」

且說伊風他們入了長安城，已是萬家燈火了。

伊風在偏僻之處，尋了個酒樓，和那始終將他認作是三弟的飛虹劍客們，找了間雅座坐下，三言兩語，就將事情解釋清了。

因為，他只要將面上的人皮面具，揭開少許，那麼一些疑惑，便可不攻自破。

飛虹劍客們，一看這人是經過易容之後，才和自己的三弟相像的，那麼這人本來的面目，自然是另有其人了。

伊風此舉，是經過一陣周詳的考慮的，因為這「飛虹七劍」，久居關外，自然不會知道自己的本來面目，究竟是誰。

再者，也是因為此事誤會已深，除了這麼做之外，也確實沒有其他的方法。

他並沒有將這面目完全揭開，因為他還要留著這形狀去另外做些事，這是一個極為奇詭的「巧合」，卻是他值得利用的。

「飛虹七劍」見了，自是惘然若失。他們走遍天涯，原以為已是尋著自己的三弟，哪知自己認為千真萬確的事實，此刻卻發展到這種地步。

華品奇廢然長歎一聲，站了起來。忽地將桌前的酒杯拿起，一飲而盡，向伊風當頭一揖，道：「朋友！這次種種誤會，累得朋友也多出許多麻煩，我除了深致歉意之外，別無話可說，青山不改，綠水長流，日後朋友若有用得著我兄弟的地方，只要通知一聲，我兄弟必定為朋友效勞，也算是我兄弟對朋友的補報。」

說著話，這跛足的老人，身形竟像是站不住了，搖搖欲倒。

伊風此刻突然對這老人，起了極大的同情，卻見他又深深一揖，道：「此事既是我兄弟魯莽之錯，朋友如有事，自管請便。」

他又長歎著。

伊風暗中一笑，知道他說的話，絕非逐客之令，只是這生長在關外白山黑水間的劍手，不善言辭而已。

心中極快地一轉，突然笑道：「此事既屬巧合，又怎怪得了各位？至於恕罪補報的話，請華老前輩再也休提，只是……」

他又微笑一下，目光在飛虹劍客們的身上一轉，又道：「華老前輩如果不嫌晚輩冒昧的話，可否將有關令師弟的事，對晚輩一敘？因為有關令師弟的下落，晚輩或許略知一二。」

經過他方才一番極為周密的推究，他已確信那和自己面貌完全相同的人，便是名震天下的天爭教主蕭無，是以他此刻才如此說。

飛虹七劍中的毛文奇、龔天奇等人，本來各自垂頭無言，聽了這話，卻不禁一齊抬起頭來，目光在伊風身上一掃。

第五十章　且說伊風

須知伊風此刻的身世來歷，為何出現江湖時他要施以易容，這些在「飛虹七劍」心中，也成了一個謎。當聽了這話以後，他們心中自然更起了疑惑。華品奇俯首沉吟一下，才微微歎道：「此事本是家醜，說來已極為傷心。但閣下既然如此說，唉……」

這長白派的名劍手，此時雖然已過知命之年，又在感慨之中，但豪邁之氣，卻並未因之而有絲毫的減退。

此刻他微喟一聲，又滿了一杯酒，仰首而乾，緩緩道：「先師幼年，本是個孤兒，後來因為機緣湊巧，成了長白派的一代劍豪，我長白派也因之得以列名武林九大宗派。但長白派始終未曾傳入中原，就是因為先師收徒之際，就先聲言：門下弟子若想得長白派的絕藝，就得終老是山，畢生不過問武林中的事。」

他又歎息一聲。伊風知道這其中必定又有一件關於武林的掌故，但人家不說，自己也不便多問。卻聽這長白劍派的掌門人又道：「而且先師終生，只收了我師兄弟七人，卻也都是孤兒，而我師兄弟七人，也始終遵守著先師遺命，從未涉足江湖。」

這跛足老人，目中的神光，變得極為黯淡起來。伊風也不禁暗歎，讓一個身懷絕技的劍客，終老深山，這是一件多麼殘酷的事，這華品奇歲月蹉跎，兩鬢已斑，大好年華，全都在面對著寒冰白雲間渡過，其人此刻心情，自不難想見。

華品奇歎息著又道：「我長白一派，得以列名九大宗派，是先師昔年在武林大會上，以自創的『風雷劍法』，硬碰硬打下來的聲名，這『風雷劍法』，也自然成了我長白一派鎮山的劍法。先師昔年讓我們立下的誓言，就是門下弟子若有不耐寂寞，想涉足武林的，也並非不可，只是卻不能練這『風雷劍法』而已。

「我師兄弟都是身世孤苦的孤兒，沒有先師的收留教養，只怕早已都凍餓而死。是以先師不只是我師兄弟的師父，也是恩人。我師兄弟也就都願意在長白山上，伴著先師的靈骨，何況武林中是是非非，恩恩怨怨，我們實在不願意過問。

「多年以前，我師兄弟中卻有一人一定要下山，我勸也無用，但那時他還沒有練成『風雷劍法』，因為這劍法內功不成，根本無法練得……唉！他是我親手帶大的。他要走，我雖然傷心，卻也無法，也只得讓他走了。」

長白劍客想是因為心中的感懷紊亂，此刻說起話來，已有些零亂了！

「但過了不久，他又跑回山上了，身上卻受了三處傷，人也憔悴得不成樣子。原來他一下山之後，就結了不少仇家。他那時年紀還輕，武功還沒有練成，幾個月裡，就吃了人家不少虧。」

他目光中的那種神色，使伊風立刻知道：這老人對他的三弟，必定有著很深的情感，也知道這長白劍手，實是性情中人。

卻聽他又道：「他這樣回來，我心裡自然難受，竟私下傳給了他『風雷劍法』。唉！」

他又歎息著，環顧了他的師弟們一眼，像是對伊風說，又像是對他的師弟們說，又像是對自己說，接著說道：「我和他雖然是師兄弟，但是只有他是我親手養大的，他……他人又聰明，我對他實在有著父子兄弟般的骨肉之情。

「他學成『風雷劍法』之後，便又跑了下山。我心裡更難受，以為他這次再也不會回來了，哪知道不到半年，他又跑了回來，而且受的傷更重，幾乎連腿都險些被人家打斷了。

「我一看之下，心裡也有些生氣，又有些難受，心裡也不禁高興，武林中能人太多，他想憑著這『風雷劍法』橫行江湖，哪裡能做得到？讓他受了這次教訓，也許他就會老老實實在山上住下來。」

伊風暗歎了一聲，知道這華品奇雖然將他三弟一手養成，但卻不瞭解他三弟，就憑他三弟的這種脾氣，怎麼會在吃了人家的大虧之後，不想報仇，反而老老實實在山上住下來呢？

果然華品奇接著又道：「哪知他傷一養好，就求我下山去為他復仇，我雖疼愛他，不惜傳給他『風雷劍法』，但也不能帶著別的兄弟去違背先師的遺命，自然就拒絕了他，又叫他安心住下來，不要胡亂惹禍。

「他卻也一聲不響，哪知道又過了幾天，就有許多武林中人，跑到長白山上來尋仇了。當然都是他惹下的禍，而且我一問之下，竟然都是他的錯。於是我就當著那些人，將他痛責了一頓。」

他長長歎息一聲，又道：「我這麼做，一方面自然是因為先師的遺命，也因為不讓天下武林說我長白派縱容弟子；另一方面卻也為著他好，希望他自此以後，好好做人，也不枉我教導他的一番心血。」

伊風不禁暗暗讚佩，這華品奇果然是守正不阿的名家風度，不愧為武林九大宗派之一長白劍派的一代掌門人！

此刻這長白派的掌門人，又滿飲了一杯酒，「砰」地，將酒杯重重放到桌上，接著說道：「卻不知他卻已恨上了我，從此以後，再也不和我說一句話。我心裡又氣，又難受，但只要他好好的，對我怎麼樣我都無所謂。」

說到這些，那毛文奇突然長歎了口氣，搶在華品奇的前面，說道：「大哥！你歇歇！讓兄弟我代大哥接下去吧。」

竟沒有等到華品奇的同意，就接著他的話往下面說道：「這時候我們幾個弟兄看了就都有些生氣，但既然大哥不說，我們自然也更無話可說。哪知道他居然在大哥練功最吃緊的時候，闖進大哥那裡，讓大哥氣血阻塞在左面『湧泉』穴上，自此……」

華品奇乾咳了一聲，強著道：「這倒不能怪他，他是無意的。」

毛文奇劍眉一立，微微哼了一聲，似乎略有不平地說道：「大哥！您別這麼說！難道他跟大哥您這麼久，還不知道大哥您練功的時辰？那天若不是我恰好趕來，替大哥您趕緊救治，您不但腿廢了，恐怕連性命都保不住！現在還在這樣幫他說話？你……」

他倏然頓住了話，像是知道他自己此刻對他大哥所說的話，份量已嫌太重。

伊風卻不禁又暗暗感歎著，一面感歎著這華品奇的善良，另一面相形之下，他那三弟的冷血無情，也就更可恨了！

「難怪這天爭教主蕭無陰狠、卑賤，他對那麼愛護他的師兄，都會如此，對別人的手段，也就可想而知了！」

伊風心裡思忖中，卻聽那毛文奇在靜默半晌後，抬起頭來，又道：「我為大哥推拿一陣之後，再去找他，他卻已不知所終了。那時我還以為他自知犯了大錯，畏罪而逃呢。」

他雙眉又一立，道：「哪知道，後來我才知道，事情並不單純如此。」

這毛文奇想是對他那位三弟，極為不滿，是以此刻毫不留情地說著。

但伊風想到這毛文奇今晨在終南山下，將自己誤為他三弟時，說話的神態，知道這毛文奇對他的三弟雖不滿，卻仍然有著手足之情，不禁暗中一歎，聽他說下去道：「幾個月前，我們才發現先師的遺物中，少了極重要的一件，先師的遺物本是放在極嚴密的所在，外人絕不會知道，何況長白山這些年來，也絕無來客。推究之下，除了他之外，再無別人會拿這東西。而且我再一琢磨，想必是他故意將大哥弄得險些走火入魔，我們大家都為大哥驚慌時，他卻悄悄將先師的遺物偷了去，盜竊下山了。」

這位三弟的行為，實在是令人齒冷！伊風心中，此刻也不禁滿懷對此人的憤恨。

毛文奇喘了口氣，又道：「我兄弟這才一齊下山，想找他要回這件遺物；但天下之大，人海茫茫，他下山之後，便無音訊，又叫我們到哪裡找他去？」

說到這裡，飛虹劍客們都不禁為之歎息！

那華品奇面上的神色，更加黯然。在這一瞬間，他彷彿又變得蒼老了許多。

第五一章　亂其耳目

伊風卻在暗自感歎著：「想不到武林中無人能知的那天爭教主蕭無的身世，此刻卻被我知道了。唉！薛若璧呀，薛若璧！你怎會跟了這種人？」

他不禁自憐地微笑一下，目光在華品奇悲愴的面上一掠，朗聲道：「天下雖大，令師弟的去向，本如海底之針，無處可尋；但晚輩卻因機緣湊巧，他的去向，晚輩卻略知一二呢。」

此話一出，飛虹劍客們不禁都為之愕然而大吃一驚！華品奇更是驚奇地幾乎一把拉著伊風的衣襟，急切地問道：「此話當真？」

伊風一笑，遂將終南山上所發生的那件奇事，和自己心裡的推究，說了出來。

因為這件事是這麼離奇和詭異，他需要說很久，才能將它說得能使別人明瞭。等他說完了，卻已夜深了。

這時，酒樓早已該打烊了，但連掌櫃的帶跑堂的，可都早就看出來這批大爺們不大好惹，背後都背著劍，而且神色之間，像是心裡都存著幾分火氣。是以酒樓雖已打烊，可卻不敢去趕人家走。

可是，太晚了也不行，跑堂的到後來，只得陪著小心，笑著對他們道：「爺們請包涵，現在已經過了子時了，爺們要是還想喝酒……」

「飛虹七劍」可不是不講理的人，不等他說完，就結算了酒賬，走了出去。此時果已夜深，料峭的春寒，像水一樣地侵人。

華品奇讓他的師弟牽著馬，自己卻和伊風並肩而行。

他此刻對伊風的話，雖然仍有些懷疑，但卻大部分已經相信了。

只是，此刻他三弟的行蹤，雖已有下落，想不到的，卻是他的三弟此時已成了名震武林的人物，而且還是江湖中最大一個幫會的教主。

何況，他雖已得到他三弟的下落，但他三弟此刻究竟在哪裡，卻仍然無人知道。因為天爭教主的行蹤，在武林中本是個謎。

於是他們就商量著，由伊風故意在這一帶，以天爭教主的身分現身，使得這消息在武林中傳出，那麼，真的天爭教主就極可能被引出來了。

這在他們雙方，都極為有利，伊風自然也極為贊同。

開封府，位於黃河南岸，不但乃豫中名城，且是中原一大古都。

伊風進了開封，「飛虹七劍」卻在城外的一家客棧裡等著。

這開封府人物風華，市面果然極其繁盛。伊風施然而行，目光卻像獵犬般地搜尋著，希望能找到幾個天爭教眾。

他一派從容瀟灑的樣子，逛了半晌，但是天爭教下除了金衫香主的衣衫較為好認外，別的教眾身上，自然不會掛著天爭教的招牌。

只是金衫香主，在天爭教中本就不多。他專門到開封來，就因為他們暗自忖度，這開封城裡，極可能有著金衫香主……因為，天爭教中，除了金衫香主外，便很少有人看到過教主的真面目。

伊風逛了許久，仍沒有看到金衫香主的影子，正自有些著急。他心念轉處，不禁猛地一動，他微撫上額，暗笑自己：「我怎的變得這麼笨！山不會來找我，我難道也不會去找山嗎？」

於是他微微一笑，走進了一家很熱鬧的茶館。

因為他久走江湖，知道這茶館之中，九流三教，人品最是複雜，正適合自己此刻所用。

他一走進茶館，目光四掃，就看到座中大都是直眉愣眼的漢子，暗中滿意地一笑，筆直地走到一張坐著四個彪形大漢的桌子旁，一言不發地，朝桌旁那張長板凳上的空處坐了下去。

那四個彪形大漢本在談著話，這樣一來，可都愣住了，但望了伊風一眼，只見他衣履之間，氣派不凡，心裡雖奇怪，仍沒有發作。

哪知伊風突地一拍桌子，將桌上茶杯都震得飛了起來。這四個漢子卻都不禁勃然色變，一個滿頭癩痢的漢子，站了起來，瞪著一雙滿布紅絲的金魚眼，指著伊風，破口罵道：「朋友！你是活得不耐煩了，是怎麼著？也不打聽打聽俺白斑虎是幹什麼的？你要是活得不耐煩了，就到別的地方去死，不要跑到這裡來死！」

侉裡侉氣的，正是純粹的河南話。

伊風故意冷笑一聲，倏地從桌上抄起一個茶壺來，嗖地朝這「白斑虎」頭上掄了過去。

以他的身手，要掄中「白斑虎」那顆長滿了癩痢的腦袋，還不容易？只是他卻故意將這茶壺掄得遠遠的，一面大罵道：「你們這批天爭教的狗腿子，看到大爺來，還不快給我跪下！」

他這一罵，還真罵對了。原來天爭教在這開封地面上的勢力頗大，這些泡茶館的閑漢，倒有一半是屬天爭教的開封分舵之下。

因是茶館裡登時大亂，嗖地站起了一大半人來，有的往外面跑，有的就大聲喝罵著，白斑虎卻劈面一拳，朝伊風面門打去。

伊風冷笑一聲，手腕倏然穿出，只用了三成力，刁住這粗漢的手腕，反手一擰，那「白斑虎」立刻像隻被宰的豬一樣地叫了起來。

伊風略展身手，打得這批粗漢叫苦連天！茶館的桌子、椅子，都飛到路上；路上的磚頭、石塊，卻飛到茶館裡了。

伊風此舉，當然是想將那開封城裡的金衫香主引來，以期擾亂天爭教的耳目。

另一方面，卻是他對天爭教積怨已深，想藉此出出氣。

但他自己知道：自己此刻內力的修為，出手不過只使了兩三成力道。

不過，這用來對付這批粗漢，卻已足夠了。

但打了半天，金衫香主的影子都沒有看到，伊風不禁在心裡暗罵：「這批小子的架子倒不小！」

但心裡可又有些著急，這樣打下去，總不是事。

哪知心念方動間，忽然聽到一聲暴喝：「都給我站著！」

第五二章　計入虎穴

伊風一喜：「那話兒來了。」

目光轉處，只見茶館裡動著手的漢子，果然聽話，一個個全都住手。再朝發話之處一望，卻不禁大失所望。

原來來的只是一個穿藍衣的和一個穿紫衣的漢子。伊風知道，這個穿紫衣的漢子，大約就是天爭教的紫衣香主，而紫衣香主在天爭教中的地位雖不低，卻不見得見過教主的面目。

果然，這紫衣香主大剌剌地走到伊風身前，冷冷說道：「朋友是哪條道上的？身手還不弱，但憑這份身手，就想在開封地面上撒野，朋友！你的招子也就太不亮啦！」

伊風心中一動，忽然一個箭步，左手一領這紫衣香主的眼神，右腿一勾，一個「掃堂腿」，朝他下三路掃了過去。

這紫衣人在河南省內也有著不小的「萬兒」，武功也還不弱，怎會將「掃堂腿」這種莊稼把式放在眼裡？冷笑一聲，右拳出拳如風，擊向伊風胸膛，左掌卻嗖地往伊風那條掃來的腿上，切了下去。

伊風口裡驚喚一聲，出去的這一腿，生像是已經出了全力，收不回來了似的，極力向後縮。那紫衣人口噙冷笑，手掌一翻，只見伊風腳下一個蹌踉，撲地竟跌在地上。

剛從地上爬起來，起先被伊風揍得暈頭轉向的天爭教徒，此刻不禁都喝起彩來。

那紫衣人冷笑一聲，叱道：「朋友！你還是老老實實地給大爺趴在那兒吧！你要逞能，也得揀揀地方呀！」

得意之色，溢於言表，側目又喝道：「弟兄們！還不把這怯貨捆起來，送回總舵去，讓蔣舵主發落！」

伊風做出一副垂首喪氣的樣子，心裡卻在暗暗高興，暗忖自己一跤，總算跌得不錯，總算能見著這開封府裡的金衣香主了。

但等到那些天爭教徒口裡罵著粗話，七手八腳來捆他的時候，他在心裡又不禁暗罵，恨不得一拳一腳，再將這批粗漢，打個痛快。

那紫衣香主兩眼上翻，背負著手，領頭前走，那種不可一世的樣子，的確令人難以忍受！

兩個直眉愣眼的漢子，將伊風五花大綁了起來，拖拖拉拉地，將他拽到街口，弄了輛大車，將他「砰」地抛了上去。

伊風心裡忍住氣，卻見那趾高氣揚的紫衣香主也坐上了車，馬車就轔轔前行。

那紫衣香主橫著眼睛望著他，冷冷道：「朋友！你姓什麼，叫什麼？是受誰的主使，到這裡來撒野？你要是老老實實招出來，還可以少受點苦。不然……嘿！到時你吃不了，兜著走，那你的樂子可就大了！」

伊風閉著眼，也不回答他的話。

那紫衣香主雙眉一軒，怒罵道：「殺坯！你現在要是不說話，等會兒大爺不叫你捧住脖子叫奶奶，大爺就不叫小喪門。」

這紫衣香主小喪門陳敬仁，一路叱罵著，伊風卻像是完全沒有聽到似的。

車子走了約摸兩盞茶工夫，就停了下來。這小喪門冷笑著站了起來，「砰」地重重踢了伊風一腳，又罵道：「死囚！你的地頭到了。」

大咧咧地走了下車，又叫兩個漢子將伊風抬下來，自己卻拂了拂衣裳，朝大門裡走了進去。

伊風一下車，就看到馬車所停的地方是一幢巨宅的門口，朱漆的大門，發亮的門環，門的兩邊，一排十幾個繫馬的石樁子。氣派之大，就像是什麼達官貴人的府邸似的，甚至尤有過之。

那兩個漢子，青衣黑帽，打扮得像個家僕，生像卻仍然脫不了凶橫之氣，也是一路吆喝著，將伊風弄了進去，簡直比衙門裡抓小偷的差役，還要橫得多，竟沒有將伊風當作人看待！

伊風心裡既怒又氣，這天爭教的凶橫，看來竟還在傳聞之上！小小一個開封分舵，處置一個只不過漫罵了幾句的「犯人」，就有這麼厲害！其餘的，自然更不問可知了。

到了大廳門口，那兩個漢子將伊風往石階上一推，朝裡面躬身道：「外面的犯人，已經帶上來了。」

這漢子竟真的將伊風叫作「犯人」。伊風劍眉微軒，眉心中已隱隱露出殺機！

大廳有人乾咳一聲，道：「將他帶上來。」

一面又道：「陳香主！你也未免太仔細了，這種雞毛蒜皮的小子，你自己將他打發了，不就完了，又何必帶到這裡來？」

只聽方才那張狂不可一世的小喪門此刻低聲下氣地說道：「舵主說的是，不過這小子手底下似乎還有兩下子，城裡弟兄，有好多個都栽在他手裡了，所以在下才將他送到舵主這裡來發落。」

這開封分舵的舵主，正是盤龍銀棍蔣伯陽，此刻他正一手端著蓋碗，兩眼望天端坐在大廳正中的紅木交椅上，那小喪門卻垂手站在旁邊。

伊風一進大廳，就看出這天爭教開封城裡的金衣香主，竟是少林弟子蔣伯陽來。

須知伊風昔年遍歷江湖，這盤龍銀棍蔣伯陽，在武林中的名聲頗響，手面很闊，是以伊風也自認得。

他心中極快地一轉，確定這盤龍銀棍蔣伯陽，在天爭教中的地位，是絕對夠得上見過教主的真面目的，那麼換句話說，就是自己此刻面容，這盤龍銀棍蔣伯陽也一定認得。

於是他冷笑一聲，故意轉過了頭，衝著廳外。

那小喪門已厲叱道：「殺坯！你知不知道你這是到了什麼地方！你還敢這麼張狂！」

那盤龍根棍蔣伯陽掀起碗蓋，喝了茶，也自沉聲叱道：「朋友！你為著什麼原因，到開封府城裡來？你趕緊好生告訴我！只要你字字不虛，我也不會怎麼難為你，不然的話，你可要知道，『天爭教』三個字，可容不得你在街上漫罵的哩。」

這盤龍銀棍蔣伯陽，果然不愧為正派出身，口中倒也不帶穢字，比起那些草莽出身的角色，確是要高明一些。

伊風卻仍寒著臉，冷冷道：「我到開封城來，就為的是找你，難道你這算是待客之道嗎？」

蔣伯陽「砰」地將蓋碗放到桌上，碗裡的熱茶，濺得一桌都是。他雙眉倒豎，已含怒意，目光如炬，厲聲叱道：「朋友！你口條子放清楚些！你要真將天爭教看得太馬虎，那是自討苦吃！」

伊風驀地放聲大笑起來，雙臂一振，將捆在身上的粗索，震得寸寸斷落。

他長笑著回過頭，道：「蔣伯陽！你難道不認得我了？」

這盤龍銀棍看到這「狂人」居然震斷繩索，方自大驚；那小喪門已怒叱著朝伊風撲了上去，嗖嗖兩掌，劈向伊風。

可是，蔣伯陽定睛之下，已看出這「犯人」是誰來了。

小喪門陳敬仁左掌橫切伊風的胸膛，右掌斜斜下劈，連肩帶頸劈下，卻見這人竟然還帶著笑站著，既不避，也不閃。

他心裡正自奇怪，哪知身後突地風聲嗖然，似乎有人重重一拳，正打向自己的後背，他自救為先，顧不得攻敵，腕肘微沉，腳跟立旋。

哪知身後已叱道：「陳敬仁！都給我住手！」

竟是那盤龍銀棍蔣伯陽的聲音。

小喪門更是大為驚駭詫異，念頭還不及轉完，那盤龍銀棍已砰地一掌，將他「噔噔噔」，打得向旁邊衝出五六步去。

伊風微微一笑，道：「伯陽兄還認得我。」

其實他腹中也在好笑，看著這蔣伯陽面色如土地，朝自己深深躬腰去，一面誠惶誠恐地說道：「伯陽不知道是教主來了，未曾遠迎，又教那班蠢材有眼無珠，冒犯了教主，實是死罪，還請教主從嚴懲處。」

小喪門正自一頭露水，聽到蔣伯陽這一說，滿頭的霧，卻都化為冷水，一直澆到背脊裡，由背脊透出一股寒氣。

他用手摸了摸自己的額角，兩腿虛飀飀的，生像是已軟了半截，往前面走兩步，定了定神，「噗」的一聲，竟跪了下來。

伊風目光轉動，仰首大笑了起來，手上用了七成真力，朝小喪門一推，道：「閣下的武功俊得很！掌上似乎有北派楊家掌的味道……」

小喪門只覺連跪都跪不住了，身子晃了晃，心裡更驚惶，不等這個冒牌教主的話說完，就搶著道：「小的不知道是教主大駕，冒犯了教主，但望教主恕罪。」

這小喪門伏在地上卻像隻喪家之犬似的，伊風想到他方才那種驕橫的樣子，和現在一比，他的笑聲，不禁越發高亢了。

其實放眼天下，像小喪門這樣的人，正是多得不可勝數哩！

第五三章　五劍蕩魔

伊風笑聲突地一頓，目光凜然掃在這小喪門身上，道：「開封城裡的弟兄們，也越來越不像話了，要知道我創立這天爭教，是要做一番大事業的，現在他們卻用來做仗勢欺人的招牌。」

小喪門顫抖著伏在地上，連連稱是，盤龍銀棍也駭得面目變色。伊風看在眼裡，覺得這天爭教主的威勢，實在不小。自己闖蕩江湖，想不到今日卻扮演了如此這麼一個角色。

這一剎那裡，他的心裡忽然掠過一種微妙的感覺。

須知「權勢」兩字，正是自古以來人人想得到的東西。古往今來，不知有多少英雄豪傑的千秋事業，便是建立在這「權勢」兩字之上。只不過要看這掌握「權勢」的人，是否運用得當罷了。

「若你將『權勢』作為你的奴隸，而運用它做成一番事業，那你便是成功的；但是你若變為『權勢』的奴隸，那你就值得悲哀了。」

伊風心裡感慨著，目光動處，忽地看到小喪門和盤龍銀棍的四隻眼睛，正在望著自己，心念數轉，冷笑道：「蔣師傅！城外二十里鋪，有一間包氏家祠，你總該知道吧？」

他微微一頓，並沒有等待這蔣伯陽的回答，接著又道：「今夜三更，蔣師傅就請將開封城裡天爭教下有職司的弟子，全聚到那包氏家祠裡去。」

他目光一凜：「蔣師傅！這半日之間，你能將弟子都召齊嗎？」

盤龍銀棍此刻也垂著頭，聞言立刻應道：「請教主放心好了，今夜三更，伯陽就在包氏家祠裡開壇，等候教主的大駕。不過……不過若將滿城弟子都召齊，那人數……」

伊風冷哼一聲，截住他的話道：「我說的是有職司的弟子，你可聽清了。」

蔣伯陽立刻又垂首稱是。

伊風冷笑一聲，微拂衣袖，逕自轉身走了出去。

盤龍銀棍疾行三步，跟在他後面，恭聲道：「教主怎地這就走了？」他陪起笑臉：「伯陽這裡有兩罈上好竹葉青，教主可要喝兩杯再走，也讓伯陽表示些敬意。」

伊風足未停步，人已走到院子裡，聞言微微一笑，道：「蔣師傅的好意，我心領了。等明天辦完正事，再來擾你吧。」

盤龍銀棍彎腰躬身地跟在身後，那立在門前的兩個漢子，此刻也是面色如土，悚立在旁邊，連聲大氣都不敢喘出來。

伊風走出了門，揮手止住了那盤龍銀棍的恭送，一路施然而去，心裡卻不禁有些好笑。

他一路走出城外，城外琉璃塔的尖頂，正在夕陽中燦著金光。開封古城的影子，被夕陽一映，也長長地拖了下來，壓在他身上。

此刻，他精神極為振奮！

那武曲星君的《天星秘笈》，他已仔細看過一遍，雖然還未能盡得其中的奧秘，但像他這樣的內家高手，只要稍為領悟到一些訣要，功力便可精進不少。

這兩年來，他雖然經過不少折磨危難，但這些折磨危難，非但沒有擊倒他，反卻使他變得更為堅強了。

本來一些希望頗為渺茫的事，此刻卻也已露出曙光。

他知道達成這些希望，已只是時間的問題了。

蕭南蘋的影子，雖然在他心裡留下幾許淒婉的溫馨，但他卻將這些深深地埋藏在心底。

他知道：若是一個男人，當他有許多事情要做的時候，卻將自己的大半精神、情感，花在女人身上，那就是一種愚蠢的錯誤——縱然這種錯誤，也是甜蜜而溫馨。

於是他找著了飛虹劍客們，告訴了他們自己此行的經過。

這一路上，飛虹劍客們已瞭解到天爭教在武林中所占的地位。

當華品奇知道那被自己從小帶大的三弟，此刻竟主宰著武林中如此龐大的一個勢力時，他心中不覺也有些難言的滋味。

有些卑微的感覺，是無論英雄豪傑，抑或是卑微小人，都能共同感覺到的；只是英雄豪傑們，卻能將這些感覺壓制，是以他們便能勝過別人。

伊風和長白劍客們的居所，是在開封城東，琉璃塔下的一家客棧裡，而那二十里鋪，卻是開封城西的一個小鎮。

包氏家祠，是二十里鋪的一個最好去處，祠堂外古木參天，蒼鬱滴翠，祠堂裡也打掃得極為清潔淨爽。春秋佳日，也有不少人到這裡來踏青的。祠堂的四處，自也留下不少騷人墨客的題詠。

但這天晚上，天一入黑，包氏祠堂的四周，突然出現了三五成群的黑衣壯漢，阻止著任何人再往前行一步。

包氏祠堂裡的一些香火道人，也都莫名其妙的，被趕到另外一間破土地廟去。

二十里鋪的人，只見這間祠堂裡燈火突地大盛，裡面人影幢幢，而且天越晚，到的人也就越多，這麼多人為什麼突然都聚到包氏祠堂裡來？就成了二十里鋪上的一個謎。

敲過三更，有些個幹晚活的人，聽到這包氏祠堂裡，突然傳出一聲聲淒厲的慘叫聲；也有不少滿身血跡的大漢，從裡面竄出來，四下奔逃著。這在一向寧靜的二十里鋪，立刻造成一陣騷動。

但這些安分的良民們，也都沒有探究此事真相的勇氣。

第二天，有人壯著膽子前去一看，這間原本乾淨清爽的包氏家祠，竟然滿地都是血跡。

他們當然也猜得到這一定是草莽人物的兇殺，只是殺人的是誰？被殺的是誰？就不是這裡武林以外的良民，所能揣測的了。

原來開封舵下的數十個天爭徒眾，正在這包氏祠堂裡等候教主大駕的時候——

包氏祠堂裡裡外外一片靜寂，大聲說話的聲音，一句也聽不見。盤龍銀棍蔣伯陽，一襲金色長衫，負手立在祠堂的大廳前；小喪門陳敬仁，緊緊站在旁邊，心裡卻是忐忑怔忡，生像等會兒教主來了，要拿自己下手開刀。

遠遠傳來「篤，篤，篤」三聲敲梆聲，盤龍銀棍四顧一眼，望著四下站著的天爭徒眾喝道：「弟兄們！都依順序站好，教主這就快來了。今天晚上，你們能見得教主的真面目，這也算是你們的造化——」

話聲未了，突然四方八面都傳來一陣刺耳的笑聲。

五條黑衣蒙面的人影，從大廳的四面風一樣地掠了進來。這包氏祠堂的四周，都伏著天爭教的暗卡，可是這五個黑衣人，竟不知是怎麼來的。

盤龍銀棍面色大變，怒叱一聲：「朋友！是哪兒來的？」

叱聲方住，一條黑衣人影，已來到他面前，他但覺眼前寒光暴漲，一溜青藍色的光華，已帶肩帶臂地朝他削了下來。

蔣伯陽藝出嵩山，武功亦非等閒，怒叱一聲，一擰身，往旁一閃。但這黑衣人身法快迅，劍光如濤，「唰唰唰」，又是三劍。蔣伯陽但覺滿眼寒光，這一劍三招，竟招招不離他的要害。

他雖然極力招架，但掌中沒有帶著兵刃，手底下自然就打了折扣。他雖然大聲叱問，但這黑衣人竟悶聲不響，一言不發。

耳畔一聲慘叫，他聽出那是屬於小喪門陳敬仁的，目光一瞟，那小喪門雙手掩著胸，鮮血汨然外冒，身形晃了兩晃，就倒下去了。

接著，大廳中慘叫之聲四起，夾雜著這些黑衣人的冷笑叱聲。

盤龍銀棍蔣伯陽心裡越來越亂，對方的劍招卻越來越厲，劍路之狠辣詭異，竟是會遍天下各派名家的蔣伯陽前所未見的！

他情急心亂之下，雙掌微一疏神，只見青光一縷，從自己的掌影中直剁了進來，接著自己左臂一涼，竟被劃了長幾達幾尺的一道口子。

他心念數轉，知道大勢已去，突然出拳如風，虎虎兩拳，將「少林伏虎拳」裡最精妙的兩招，施了出來，這種名家的絕技，果自不同凡響，那黑衣人身手雖高，卻也不禁後退一步。

而盤龍銀棍蔣伯陽，就在自己的拳已出，對方身形微退的當兒，猛一長身，腳跟用力，嗖地倒躥了出去。

他早已量好地形，腳尖在身後的供桌上一點，身形微一轉折，就像箭也似的從窗中掠了出去。此刻他保命為先，大廳中的天爭教徒們慘呼之聲再厲，他雖聽到耳裡，卻也顧不得了。

他一路退出去，才知道伏在祠堂外的暗卡，竟都被人家制住了，於是這些黑衣蒙面人的身手之高，就更令他驚異。

但是直到此刻為止，對這些詭異的黑衣人的來路，他仍然如墮五里霧中，半點也不知道。

於是天爭教就這樣莫名其妙的，在開封城裡受了這麼一個從未受過的重大挫折。

而這些自然也就是伊風的傑作了。

伊風和飛虹劍客們，黑衣蒙面，乘夜挑了天爭教開封城的分舵，卻也知道不能在開封久留，於是便由二十里鋪繞城而去。

馬群在黑暗中奔馳一夜，飛虹劍客們久隱關外，直到今夜，才算大快身手，心裡都覺得熱血奔騰，不能自已，就連年已知命的華品奇，此刻騎在馬上，也是不停地高談闊論著。

第五四章　洵陽之變

伊風嘴邊，帶著一絲微笑，他能瞭解到這些來自關外的劍手們的心情，他們各各身懷絕技，都始終沒有在武林中馳騁過，就連「飛虹七劍」這份「萬兒」，都是因為他們的授業師的名頭而傳出的。

這正如一個家財鉅萬的富家公子，雖然擁資無數，但卻始終悶在家裡，雖然知道金錢萬能，卻也始終沒有自己親身體驗過。等到他一旦瞭解到金錢的真正價值——自己親手花過錢的時候，那麼他家裡的鉅萬家財，在他眼中便立刻換了另一種意義，而他心情之歡娛，自是可想而知。

而伊風自己呢？他自然無法分享這份歡娛。夜色如墨，他縱馬狂奔，心裡卻也覺得十分痛快；這兩年來的積鬱，今夜也算消去不少。

天色微明，殘冬的清晨，寒意刺骨，但他們的人和馬，卻都是滿頭大汗，一點也沒有寒意。

東方射出第一線光芒的時候，他們到了陝邊的洵陽。

伊風一馬當先，衝到城腳，但這時天光太早，城門尚且未開，伊風回過頭去，低道：「這裡城門雖然未開，但過了洵陽，前面就再也沒有大鎮，我們不如等這裡城門開了，先在這裡打個尖，再往前趕路吧！」

他久歷江湖，「飛虹七劍」卻是初入中原，自然一切事都唯他馬首是瞻。於是這一行人馬，就在城門外駐了足，掏出布巾來擦汗。

世間常有許多巧合，使得一切事都為之改觀。他們若是繞城而去，事情的變化，也許就不會有如以後的那麼複雜；但他們卻偏偏等到城門外面，生像是這一切事，早已被上蒼安排好了似的。

天光大亮，「呀」的一聲，城門先開了一線，伊風圈過馬頭，哪知城門開處，裡面卻先馳出一匹馬來，從伊風身側擦了過去。

伊風本未注意，目光轉動處，只看到馳出的那人，一身錦繡，在擦過自己身側的時候，似乎還輕輕發出「咦」的一聲。

但是他卻也並未在意，稍為扭頭一望，華品奇等人已由後趕來，和他並騎馳入城去。

哪知他們方自入城，背後突地傳來一聲響亮的喊喝聲，喝道：「站住！」

聲音之洪亮高亢，使人聽了，生像是有鐵錘在耳畔重擊一下，入耳鏘然。

伊風和華品奇等，都不禁愕然回顧，後面已有一騎奔馳而來，伊風目光動處，這一騎竟然就是先前出城而去的那個滿身錦繡的騎士。

華品奇鼻中不悅地哼了一聲，等到這騎奔了上來，也亦冷叱道：「朋友！你這是朝誰在喊？」

那馬上的騎士，穿著一身深紫色的衣衫，上面還滿布金花，跨在馬鐙上的兩隻靴子，光華閃燦，原來上面竟都鑲著明珠。

他一馬馳來，眼角瞟也未瞟華品奇一眼，卻瞪在伊風身上，沉聲道：

「你怎麼跑到這裡來了？」

伊風這時也已看清他的臉，體內的血液，幾乎又為之凝固起來！這人雖然滿身錦衣，但卻枯瘦如柴，兩腮內陷，顴骨高聳，頷下留得稀稀的幾縷山羊鬍子，目中神光如剪，不是那個已被自己用智計關在無量山巔的秘窟裡的鐵面孤行客萬天萍是誰！

這一下，伊風立刻為之面色大變，他身側的華品奇已怒叱又道：「朋友！你這是衝著誰說話？你……」

他話未說完，鐵面孤行客也橫目怒掃他一眼，枯瘦的臉上，表情更加嚴峻。

他目光在華品奇面上凜然一掃，冷冷地截住他的話，說道：「你可知道，你是在衝著誰說話？」

他目光轉向伊風：「喂，這老頭子是誰？若是你的朋友，老夫還可饒他一命，否則的話……哼！」

伊風大駭之下，聞言卻不禁又詫異起來，在心裡暗暗忖道：「怎地這鐵面孤行客突然對我這麼客氣？在無量山巔上他不是要置我於死地嗎？何況我又將他關在那秘窟裡，他又是怎麼出來的呢？……」

心念一動，突地又想起一件事來：「但是我此刻已經不是原來的面目了呀！難道這鐵面孤行客，也和我此刻這副面目——蕭無，有著什麼關係不成？」

他心中極快地閃動幾下，那華品奇卻已冷冷叱道：「喂，這老頭子可是老弟的朋友？若是的話老夫也可饒他一命，否則……哼！」

他照方抓藥，把這鐵面孤行客方才說的話，立刻又回敬了過去。

萬天萍枯瘦的臉上，仍然像玄冰似的毫無變化，確實不愧「鐵面」兩字。但伊風卻已從他那越來越凜冽的目光中，看出殺機。

這鐵面孤行客將繩微微一帶，轉向華品奇，突地出掌如風，「啪」地，在華品奇的坐騎頭上拍了一下，那匹馬立刻一聲慘嘶，連掙扎都沒有掙扎，就癱軟地倒在地上，竟已氣絕了。

華品奇自己早就從馬上掠了下來，目光動處，看到這匹馬的馬首，竟被這其貌不揚的枯瘦老者，一掌擊得稀爛！

他心中不禁也自大駭，這種掌上的力道，不但驚世駭俗，簡直匪夷所思了！

而這時另三匹馬上厲叱連聲，就在這同一剎那裡，劍光暴漲，毛文奇和他那兩個師弟，已鏘鋃拔出劍來。

萬天萍突地冷笑一聲，身形倏然從馬鞍上掠了起來，筆直地向毛文奇掠去，雙掌伸出，十指如鉤，這以金剛掌力和大鷹爪手名震武林的鐵面孤行客，像是已經動了真怒，竟施出煞手來了。

在這一瞬間，伊風心中將這事極詳細、謹慎地思索了一遍，然後腿彎一直，在盤龍銀棍馬鐙上站了起來，搖手大喝道：「萬老前輩請住手！」

這鐵面孤行客竟真的被這喝聲所阻，枯瘦的身軀，在空中微一轉折，竟又飄然落到馬鞍。

他的身軀，竟像游魚在水裡似的，在空中亦能來去自如。

飛虹劍客們不禁倒抽一口涼氣，他們誰也沒有看出這一點也不起眼，像個鄉下土財主似的老頭，竟有這種超凡入聖的武功。

像是任何事都沒有發生似的，鐵面孤行客又寒著臉，坐在馬鞍上，面向伊風，冷冷道：「你叫這批傢伙趕快先滾，老夫還有話要問你。」

伊風諾諾連聲，一面又朝華品奇等人做著眼色。

飛虹劍客們，此刻是既驚且怒，但人家武功既高，再加上伊風那種似有深意的暗示，他們又不得不暫忍著氣。

毛文奇手腕一翻，長劍重又入鞘。華品奇站在地上，面色數變，終於一躍到毛文奇的馬上，一面向那萬天萍叱道：「今日我是看在我這老弟的分上，暫且不與你計較，十日之內，我們都在襄陽城裡，恭候大駕。」

他這話一半自是場面話，說給這萬天萍聽的；另一半卻是告訴伊風，自己先去襄陽，你要馬上就來。

伊風會意地點了點頭，心裡思索的卻是：這鐵面孤行客，和那蕭無，究竟是怎麼一種關係？免得等會一說話，便得露出馬腳。

鐵面孤行客動也不動地坐在馬上，對這華品奇的場面話，絲毫都不搭理，像是這種話他正聽得多了，根本沒有放在心上。

等華品奇等四人三騎，揚鞭而去，他才在鼻孔裡冷哼著道：「我看在你的面上，暫且放過他，十天之後……哼！」

這在江湖上素以心狠手辣聞名的人物，說起話來，也是冷森森的！

而且最奇妙的是：他說的話都像未曾說完，而只用一個「哼」字，代表其他的意思。

他將手中的馬鞭朝城外一指，又道：「你跟我出城去，先幫我辦件事，然後再一齊到西梁山去……哼！你們年輕人都是這麼荒唐！你不是說先到豫溪口去等我的嗎？」

伊風根本就不明瞭他話中的意思，但卻唯唯答應著，隨著這鐵面孤行客的馬，又走出城外。

第五五章　鐵面孤行

兩人並肩而馳，伊風眼角斜瞟，只見這鐵面孤行客嚴峻的面孔下面，脖子上赫然有幾個紫黑色的疤跡，伊風知道這是妙手許白的鐵指在他身上留下的，他不禁暗中感歎：「這鐵面孤行客真正是個奇人，連經這兩次我眼看他再無活路的大難，他還是好生生活在這裡。尤其奇怪的是：他怎會從那秘窟中逃出來的呢？唉！他若知道我並非他心中所思之人，只怕此刻又將是一番劇烈的生死搏鬥。」

一出了城，萬天萍就將馬馳快，伊風緊緊跟在後面。

此刻他好奇之心大起，一心想要知道這萬天萍是怎麼逃出秘窟的，又想知道這萬天萍和那天爭教主蕭無，是怎樣的一種關係。

這鐵面孤行客似乎對路徑甚為熟悉，不由官道，改行小徑。路上積雪未融，冰雪滿道，像是已有許久沒有人走過了。

伊風越發奇怪，不知道這萬天萍在弄什麼玄虛。看到萬天萍枯瘦的臉上，半點表情也沒有，緊閉著嘴，也不說一句話。他心裡雖奇怪，可也不敢問出來。

萬天萍三轉兩轉，這條小岸也越來越荒僻，洵陽城地當漢水之北，乾佑河之東，他們出城之後，卻是奔向東北方而去。

是以地勢越行越是高峻，幸好伊風所騎的也是一匹長程健馬，是故還能跟得上。

但他這匹馬已經馳騁了很長一段路，此刻口噴著白沫，四蹄翻動間，已漸漸透著有些不支了。

到了一座枯林旁邊，萬天萍突地將馬勒住，回身從馬後拿了個極大的革囊下來，隨手一招伊風，便自飄然下了馬。

伊風目光閃動，只見這片枯林滿被雪封，似已是久無人跡。萬天萍手上的這個革囊，像是極為沉重，他更不知道這萬天萍來此做什麼。

這鐵面孤行客，雖以硬功掌力成名，但輕功亦極高絕。手裡拿著那麼沉重的一包東西，走在這積雪的泥地上，仍然是輕靈巧快，腳下未留半點腳印，身形微一起落，便已縱入枯林。

一進了林子，光線就倏然暗了下來，伊風心中忐忑暗忖：「莫非他早已看出我的本來面目，是以把我誘到這裡來收拾我……」

但事已至此，有進無退，伊風也只得隨他前行。

入林已深，萬天萍突地回過頭來，將手中的革囊交給伊風，仍然是一言不發。

伊風將這革囊放在手裡微微一掂，這革囊不但沉重，而且隨著伊風的手勢微動，裡面就發出一陣金鐵交擊的聲音來，這革囊裡面裝的，竟像是鞭鐧一類的兵刃。

伊風心裡轉了幾轉，抬頭去望這行跡詭異的萬天萍，只見他一面前行，一面伸手入懷，掏出一樣東西來，而這樣東西，一入伊風之目，伊風心下便立時恍然大悟：「原來他是來此尋寶的。」

原來萬天萍自懷中取出的一物，是兩片一尺見方的黑鐵塊，也正是妙手許白在無量山巔，曾經拿給伊風看過的「璇光寶儀」。

妙手許白一死，這鐵面孤行客就將這璇光寶儀的一半，湊成了雙。

伊風曾經聽那妙手許白說過這東西的妙處，此刻不禁張大了眼睛，瞪在鐵面孤行客手中的這塊看去毫不起眼的黑鐵塊上。

這萬天萍腳步已緩，彎著腰將手中的這璇光寶儀貼近地面，一路探測著，突地猛一長身，回過頭來，嚴峻的臉上，露出笑容，道：「嘿！就在這裡。你把囊中的鐵鍬拿出來，幫我朝下面掘。老實說：我一向獨來獨往，今天找你這幫手，還真是生平第一次呢！」

伊風知道這萬天萍既然名曰「鐵面孤行」，生平沒有找過幫手，自是實話。但他此刻竟找著自己來參與這種極為秘密的行動，由此可見，他與自己此刻的這副面目——也就是蕭無的面目——之間的關係，必不尋常，否則他焉肯讓自己一齊掘寶！

伊風心裡猜測不已，面上可一絲也不露出來，將這革囊打開，裡面果然是鐵鍬、鐵鏟一類的掘土鐵器，他不禁對自己方才的猜測，暗覺好笑。

林中的泥地上，積雪已凝成堅冰，是以極為堅硬。但在這兩個武林高手的手下，這種積雪堅冰，也像是鬆軟泥沙一樣。鐵鍬翻飛處，何消片刻，就被掘了深幾達丈的一個大坑。

伊風鐵鍬再次落下，忽然聽到「噹」的一聲，伊風手中的鐵鍬，立刻折了一半。他這一鍬，竟是掘在一塊像是金鐵之屬的上面。

鐵面孤行喜動顏色，一掠上坑，換了把鐵鏟，又躍下來，接連幾鏟，這土坑中突地銀光大現，下面竟是一片白銀。

伊風不禁為之愕住，地下的這一片白銀，已凝成一片，少說也有數十萬兩。

他雖然心胸磊落，但驟然見著這鉅萬白銀，也難免心動神馳。

哪知萬天萍卻突地長歎一聲，將手上的鐵鏟往上一拋，似乎意興索然地說道：「又是銀子！」

言下之意，這數十萬兩銀子，在他眼中，竟有如廢鐵。伊風不禁又為之一愕！

卻聽這鐵面孤行客接著又歎道：「我從無量山下來，費了好多事，才掘了三處，哪知卻都是銀子！假若天下人的所謂『藏寶』，都是銀子，那可真教人掃興！」

須知一種同樣的東西，在兩個不同的人的眼裡，便有截然相異的價值。這鉅萬白銀，在這個武林中叱吒橫行的巨盜眼裡，本已直如廢銅；何況他有璇光儀這種異寶在握，心中所冀求之物的價值，更要比黃金白銀這種俗世財物，高過許多倍。

天光從積雪的林梢漏下來，成了幾許多角而變幻的光影。

伊風縱身出坑，但覺滿坑的白銀，被這散碎的光影一照，銀光流動，更顯得光彩奪目。

鐵面孤行客目光一轉，忽地笑道：「蕭老弟！你若對此有意，這些東西，就算我送給你的吧。」

他語聲突地一沉：「老夫縱橫多年，敢說是恩仇了了。這次在無量山巔，卻受了你的大恩……」

聽到這裡，伊風心頭立即為之一亮，積存在他心裡的疑團，隨之豁然開朗：「原來這被我關在秘窟中的萬天萍，是被蕭無這廝救出來的。這就是他為什麼能逃出秘窟，而又和蕭無有著關係的原因了。」

伊風心裡雖已恍然，但隨即又起了一些疑問：「這蕭無怎會跑到無量山巔？又怎會知道這秘窟的開啟之法的呢？」

他心中思潮如湧，卻忘了去回答這萬天萍的話。

萬天萍卻又一掠出坑，在上面喊道：「蕭老弟！你且上來，再把這土坑填平，這麼多銀子，也不是你我兩人之力所能搬得走的。」

伊風漫應一聲，方自掠上，一團沙土，已在萬天萍鐵鏟一挑之下，落下坑來。

他這隨意一躍，剛好落在萬天萍身側，這鐵面孤行客連挑鐵鏟，根本沒有注意到他的行動。伊風眼角微動，腦海中忽地升起一個念頭。

他知道只要自己右掌微揮，便可直擊萬天萍的脅下，而萬天萍也萬萬料想不到自己會如此做。他猝不及防，必定躲不開這一擊。

但是，他卻沒有如此做，即使以後他以本來面目遇著這鐵面孤行客時，少不得會有惡鬥，甚至他不是這萬天萍的敵手，但這種有欠光明磊落的事，他卻萬萬做不出來。

何況他自忖之下，這萬天萍和自己說不上有什麼冤仇，他又怎能在背後向一個和自己無甚冤仇的人，驟下毒手哩？

於是他也舉起鐵鍬，幫著萬天萍將沙土重新填入土坑。

他並未拒絕萬天萍的贈送他這鉅萬白銀，卻也並未接受。只因為他覺得這鉅萬白銀，本非萬天萍所有之物，是以他根本無權將之贈送給自己，那麼自己又何必說出拒絕，或是接受的話呢？

而且金銀一物，只要用之得宜，大可造福人群，做許多事業，自己日後或有用得著它的地方，也未可知。

他自信這鉅萬白銀，落入自己手上，用之於人，總比埋沒在這枯林的泥地下，好得多。

於是他便又憑空得了鉅萬錢財。

這半年來，他屢得奇緣，這是不是冥冥上蒼，在對他做了一些不公平的處置後的一些補償呢？那就要看他是否能善於運用這些了。

因為「塞翁失馬，焉知非福」，而一個人在驟然獲得太多的幸運之後，也未必是好事哩！

早先掘出去的土，雖又重新填回土坑，但畢竟是和別處不一樣了。一個心靈中的情感，已全都折磨殆盡的人，縱然別的情感來充實，是不是也會留下一些不可磨滅的創痕呢？

第五六章　節外生枝

掠出林外，萬天萍突地回首問道：「你可要在這裡做個記號。以後來拿時也方便些。」

伊風微笑著搖了搖頭。放眼四觀，只見原先留在林外的兩匹馬，已被寒風吹得發抖。

是以兩人一上了馬，這兩匹坐騎，就縱蹄狂奔，似乎也像人一樣，懂得如此便能驅除寒氣。

伊風雖然一夜未眠，但此刻坐在疾馳的馬上，迎著撲面而來的寒風，卻絲毫沒有倦意。

但再次回到洵陽時，他卻有些餓了。

他根本不知道這萬天萍和蕭無約在豫溪口，到底是有什麼事。但他此刻自然也不能問。

當然，他也不願意和萬天萍同到豫溪口去，試想那時若有兩個蕭無出現，那該是怎樣一種場面？

於是在洵陽域外，他就停住馬，側首向萬天萍道：「萬老前輩！小可另外還有朋友之約，萬老前輩如果無事吩咐，小可就想在此告辭了。」

萬天萍突地雙目一張，在他臉上打了個轉。

伊風生怕他在自己臉上看出什麼破綻來，哪知道萬天萍神色又轉和緩，嚴峻的臉上，竟微微泛出笑容來，和聲說道：「蕭老弟！你這就不對了，你不是曾經答應和我同上西梁山的嗎？」

伊風心裡有些發毛，嘴裡也訥訥地說不出話來。

卻聽萬天萍又含笑道：「蕭老弟！你放心！你於我有恩，老夫一生行事，雖然稍嫌狠辣，但對於你哈！蕭老弟，你放心！跟老夫一齊去，絕對有你的好處。」

伊風久經世故，心思又極靈敏，正是一點就透的角色。他一聽萬天萍如此說，就知道即使是蕭無本人，也不知道這西梁山之約，究竟是怎麼回事。心中一定，遂也含笑說道：「萬老前輩對小可的盛情，小可自是感激；但小可實在還另有約會，反正青山不改，綠水長流，小可日後自多麻煩萬老前輩的地方。」

萬天萍突地縱聲長笑起來。伊風和萬天萍見面多次，這倒還是第一次看到這「鐵面孤行客」臉上露出笑容來。

哪知他笑聲突地一頓，枯瘦的臉上，立刻又像是結了一層玄冰，沉著聲音道：「我問你，你是和那幾人之約在先呢？還是和老夫之約在先？」

伊風一愣，又訥訥地說不出話來。

只聽萬天萍沉聲又道：「你若是和老夫之約在先，你就得和老夫一同上西梁山去；你若是和別人之約在先，那麼你又為什麼要和老夫訂下此約呢？難道你是存心戲弄老夫嗎？

「須知你在無量山巔，將老夫救出山窟，那不過是你適逢其會而已；你若是仗著這事，就在老夫面前弄鬼，不識抬舉，哼！那麼老夫一樣可以制得了你。」

伊風心裡暗暗叫苦，知道自己這次又遇著麻煩了，像萬天萍這種人，正是凡事都不能理喻的角色！自己事情已經夠多了，本來就像一團亂麻，理也理不清楚，但天道弄人，自己亟欲一見的人，譬如劍先生、凌琳、孫敏，甚至蕭南蘋，自己一個也遇不上，卻偏偏讓自己遇著這些不願意見的角色。

一面，他卻又奇怪：這萬天萍為什麼一定要自己同赴西梁山呢？那西梁山上，又有什麼事要發生呢？

自從他在華山之陰，遇著孫敏母女之後，一切事的發展，就似乎不是他自己所能控制得了的。這些事雖然都有著關聯，但卻都是節外之節，枝外之枝，連他自己，都幾乎不知道哪一條是主幹了。

他俯首沉吟了半晌，然後抬起頭來，只見這鐵面孤行客一雙寒光如劍的眸子，正在望著自己，靜待著自己的答覆。

「唉！既然如此，那我就一切索性順乎自然好了，反正劍先生和孫敏母女倆的行蹤，我是無處可尋；蘋妹一怒而去之後，我也不知道她到哪裡去了；天爭教在武林中早已根深蒂固，我要復仇，也不是一朝一夕可以做到的事。」

他一念至此，覺得自己雖然像是有許多事要做，但這些事卻又都是茫無頭緒的。

於是他抬起頭來，無可奈何地一笑，道：「萬老前輩既然執意如此，那麼小可就恭敬不如從命了。」

萬天萍又微露笑容，道：「小夥子！這才像話。你放心！老夫總有甜頭給你吃，只怕一到西梁山，老夫再趕你下來，你都不肯下來了哩！」

這句話，卻又使伊風如墮五里霧中。

這一路上，他不斷地在思索著：萬天萍為什麼要自己同上西梁山呢？這問題，饒是他用盡心機，卻也得不到答案。但是在這一路上，他卻知道了一件事，那就是這萬天萍對他絕無惡意。

只是等到他一問起這問題的時候，這鐵面孤行客，就會微微含著笑道：「蕭老弟！你不用多問，一到了山上，你就會知道了，反正這次我讓你一齊上西梁山，總是對你有益無損就是了。」

這萬天萍竟然守口如瓶，一些口風也不肯露出來，而且言下之意，頗有要讓這冒牌的蕭無——伊風，驚喜一下的樣子。

最使伊風感到難以應付的，還是這萬天萍一路上不斷地詢問：「蕭老弟！我看你的武功不弱，內功也頗有根基，你的師承是哪一門，哪一派呀？」

又問道：「蕭老弟！我看你除了武功之外，文采也不壞，你的家，想必是書香之家吧？令尊令堂都還健在嗎？你的家鄉是屬哪裡呀？」

這些話，伊風都隨口答覆了，一面又暗自慶幸，那蕭無以前沒有告訴過他。

哪知這萬天萍在過了信陽的時候問了他一次，到了台肥，卻又把同樣的問題，問了他一次，伊風不禁暗自慶幸自己的記憶力，又把同樣的話，回答了一次。

只是他卻不禁奇怪，這萬天萍為什麼頻頻查問「蕭無」的家世呢？

須知萬天萍在無量山巔一耽十年，天爭教的興起，他並不知道；蕭無的名字，他也未曾聽過；他之所以頻頻問此，自然是有著原因的，只是這原因，伊風再也無法猜得出來罷了。

他在無量山巔，被伊風以機智關入秘窟，他縱然武功絕頂，卻也無法從那厚達近丈的山壁中穿出來，而這山窟又別無退路。

起先，他還希冀這秘窟的洞門，或許能夠在裡面開啟也未可知，可是兩三天之後，他知道自己這希望是落空了，饑餓和疲勞，使得他已進入奄奄一息的狀態，他幾乎沒有勇氣走到這秘窟最裡面一層的山洞裡去，因為那裡有著妙手許白的屍身。

一個個希望，隨著時光之流去而破滅，但是這武林之怪傑，仍不甘心就此死去。

而他所飲下的妙手許白體中含有靈藥的血，也奇蹟般地支持了他好幾天的生命。他盤坐在這秘窟的洞門後面，用他馳譽武林的金剛掌力，不斷地擊著山壁。

只是他也自知，自家掌力雖是驚人，但若想擊穿這山壁，仍是絕無可能；何況自己也將要禁不住饑渴和疲勞的侵蝕了哩。

但是他卻萬萬料想不到，自己掌擊山壁的聲音，卻會被風聞「南偷北盜」在此山中，長途跋涉而來尋寶的蕭無聽到了，於是他以絕頂內力隔著山壁一問，知道關在裡面的就是「北盜」萬天萍。

萬天萍狂喜之下，也隔著山壁告訴了「蕭無」這秘窟開啟的方法——他在伊風開啟山壁的時候，早就已記下了方法。

於是這鐵面孤行客，就再次奇蹟似的保存了生命。

是以伊風此刻的猜測不錯，他對這「蕭無」，的確是沒有半點惡意的，而且此人雖然行事心狠手辣，喜怒無常，但卻的確是有恩必報的角色。

他們所騎的，都是長程健馬，是以在路上並沒有耽誤什麼時候，便已到了西梁山之南的豫溪口，伊風心裡有些忐忑：「萬一又跑出來了個蕭無，怎麼辦？」

但是上天卻將這件事安排得如此巧妙；他們若在豫溪口耽誤一天，他們就會遇著被七海漁子押來的蕭南蘋，也就會遇著時刻不忘「南偷北盜」的藏寶的，真正天爭教主蕭無。

那麼這件事，當時也許會令伊風感到難以應付，事後卻沒有那麼多曲折了；只是事情偏偏如此陰錯陽差！

但這在當時，卻又有誰能預料得到呢？

於是伊風就有了一個至此還未能解答的問題：「在西梁山上，有什麼事要發生呢?.萬天萍為什麼一定要我同上西梁山呢？」

他也就帶著這個問題，上了西梁山。

他若是知道在西梁山裡，竟有著那麼多事將要發生的話，只怕他無論如何，也不會隨著萬天萍上山了。

第五七章 翠裝麗人

大地昏暝，正是黃昏——帶著些許疑惑的伊風，便踏著蒼蒼暮靄，隨著那黑道中的鉅子，「北盜」鐵面孤行客萬天萍，上了豫溪口北的西梁山。

山路逶迤，前行數里，夜色便深，夜寒也越重。鐵面孤行客本在前面緩緩而行，一面回頭和伊風講些不著邊際的話，並未施展出輕功來。

此刻他竟一撩長衫，側首喝道：「跟著我，小心些！」

踪腳向路側掠去。

伊風目光四閃，見到這條山路旁邊竟是根枝虬結的森林。此刻夜色本暗，由外望去，這片叢林，更是黑黝黝的深不可測。

他不知道這萬天萍帶自己走進這種森林做什麼，心下方自有些惴然，前面突地火光一閃，鐵面孤行客已從懷中取了個火摺子出來，亮起一點雖很微弱，但在此刻卻顯得頗為明亮的火光來。

伊風又自躊躇了一下，萬天萍已在前面揮手招呼，這種情況下，伊風似乎也無法退卻，於是他微提真氣，也隨著入林。

他們所走的道路，也正是蕭南蘋在第三日清晨所走的；只是蕭南蘋那時是茫無目的地探索，而鐵面孤行客卻是輕車熟路，彷彿對這暗黑、濃密的森林，甚為熟悉，已不知來過多少遍似的。

這可又教伊風心中為之疑惑不已，入林愈深，他心中的警覺，也就提得愈高。

黑暗之中，只見萬天萍帶著手中的一點火光，蜿蜒前行，劃破這種深沉的黑暗。

他們腳步踏在積雪、枯枝，混合著敗葉、淤泥的聲音，也給這種深沉的靜寂，帶來生機。

三轉兩轉，他們便也到了那片斷崖前面，此刻密林已盡，已有天光射下，但萬天萍手中的火光，卻顯得微弱了。

伊風目光閃動，但是斷崖之下，澗壑深沉，幾不見底。在對面山粱之上，屋影幢幢，依稀可以看到一片亭閣的影子。

他心中自又疑雲大起——他雖然久歷江湖，閱歷頗多，卻也從未見過在這種絕險的地勢中，還築著亭閣的。而萬天萍將他帶到此處來的用意，他更是無法揣測。

須知萬天萍至此，還未向他透出半點口風，若是不明不白著了人家道兒，那豈非冤枉？

哪知萬天萍突然側目一笑，道：「老弟！這裡就是地頭了。老夫昔年花了無數心血，才在這裡建了這麼個所在，江湖中人，能夠到這裡來的，恐怕最多也不過五人哩。」

言下之意，自是認為伊風能來此地，已是異數。

伊風只得一笑，心下方自暗忖：「原來這濃林密閣，是萬天萍所建的。」

再一轉念：「這鐵面孤行客在這種地方，建下這種所在，想必是為了收藏他一生中得來的珍寶。但——」

念頭尚未轉完，卻是那鐵面孤行客，突地撮口長嘯起來。

嘯聲如長空鶴唳，高亢入雲，在這靜寂的夜色中，久久不散。

伊風自也被這突來的嘯聲所驚，火光之中，但見鐵面孤行客嚴峻的臉上，此刻竟微微露出焦急的神色，目光炯炯，望著對崖的閣影。

伊風心中不禁又是一動。須知他本是聰明絕頂之人，知道以鐵面孤行客這種人，倘若對崖的樓閣，僅是他的藏珍之地，那麼他此刻絕不會露出這種神色來，除非那裡有著值得這草莽巨豪焦急的東西。

「但那邊又是什麼呢？」

伊風的目光，不禁也隨之向對崖望去。但嘯聲過後，四下又立刻恢復死寂。

那如墨夜色中的閣影，也依然是靜寂地蹲踞在那裡，並沒有半絲動靜。

鐵面孤行客面上焦急的神色，更為顯露，似乎在暗中低語一句：「這是怎麼回事？」

從地上撿起一塊石子，抖手向對崖打去。

兩崖之間，相隔數丈，在黑暗之中，尤其顯得遙遠。

伊風但見這塊石子，像流星似的掠過深壑，「砰」的一聲，擊在樓閣上。

這種驚人的腕力，使得伊風不禁又為之一驚！

而此刻他身側的萬天萍嘯聲又起，似乎比上次更為高亢，焦急的意味，也都從這高亢的嘯聲中，透露了出來。

忽見對崖沉沉閣影中，挑起一盞紅燈來，迎風晃了兩晃，這邊鐵面孤行客臉上，也隨即露出喜色，手臂一掄，將手中的火摺子，斜斜劃了個半弧，又反向一掄，畫了個半弧。

那邊紅燈一沉，隱隱聽到一聲歡呼，接著燈光大明，那幢幢屋影的上上下下，竟都點起燈來，對崖望去，真如神仙樓閣。

萬天萍在江湖中素來面冷心辣，此刻卻竟然喜動顏色，笑語伊風道：「老弟！先沉住氣！等會讓你大吃一驚。唉！十年以來，我為著一些意氣之爭，竟教她們在這裡孤孤單單地過了十年，想不到她們竟都還在這裡等我——」

言下竟頗感懷。

伊風又自一笑。

但見對崖樓閣燈光大明之後，倚著樓宇所建的一座飛閣，突地燈光更是大亮。

飛閣四角，挑起四盞宮燈，一個翠衫麗人，正倚著朱欄，頻頻向這邊招手。

這一來，伊風不禁又為之大吃一驚，動念之中，方自猜出一些事，哪知鐵面孤行客，突地哈哈大笑，大笑聲中，一拍他的肩頭，道：「老弟！你看看！對崖閣中的，就是小女。想不到吧！我鐵面孤行客素來獨來獨往，江湖中人，有誰知道我還有個女兒——」

話聲方了，對崖閣中，又走出了一個高綰鬢髮的婦人，扶著一個垂髫女環的肩頭，立在欄邊，向著這邊揮一方粉帕。

伊風這才恍然大悟，這鐵面孤行客，獨行江湖，滿手血腥，卻在這種絕頂隱秘的所在，安排下他的妻子女兒。

這萬天萍此刻也不停地揮著手中的火摺子。突見對崖閣中的翠裝麗人嬌軀一扭，左手提著一盞宮燈，從閣中飛掠下來，身法之輕靈曼妙，此情此景，望之有如九天下降的仙子！

萬天萍喉間乾咳一聲，道：「虹兒！怎地這麼大膽！」目光如炬，望著在對崖的麗人身上，關切之容，溢於言表。

這鐵面大豪，此刻見著自己的女兒，也像世間所有的父親一樣，露出那種非常平凡，但卻珍貴的情感來了。

伊風心中暗暗歎息，他和這鐵面孤行客一路行來，至今才見他露出了人味。

其實天下武林中，所有素稱心狠手辣的魔頭，又有幾個在自己的親人面前，不是和凡人一樣地有著人性呢？

只是他們的這種「人性」，除了他們的親人，就不易看到罷了！

樓閣之下，山梁寬僅尺餘。那翠裝少女便站在這僅容立足的山梁上，深夜寒風，吹得她翠綠的衣衫，飄飄而舞。而她那婀娜嬌小的身軀，便也生像是要隨著這飛舞之勢，乘風而去。

第五八章　彩帶迎賓

伊風目光凝視著對崖，突見對崖飛閣之上，匹練似的垂下一條彩帶來，兩個垂髻女環，雙手執著彩帶的上端，迎風一抖，這條長達數丈的彩帶，便「呼」一地掄舞了起來，顯見這兩個垂髻女環，手下也有著迥異常人的功力。

鐵面孤行客長嘯一聲，身形有如飛鶴掠起，凌空飛向這已向這邊拋來的彩帶上，鐵掌微伸，彩帶再次回卷，這武功高絕的武林巨盜，竟就借著這彩帶的迴旋之勢，飛掠數丈，掠到對崖上。

伊風遙遙望去，那翠裝麗人已撲到她爸爸身上。憑欄低視的中年婦女，側首低語兩句，那兩個垂髻女環，便又微抬纖手，那條彩帶，便又匹練般地拋起，彩虹般地飛了過來。

但伊風可沒有立刻縱身迎去。有許多事，並不是人們在動念之中就可決定的，尤其是這種有關生死之事。伊風縱是達人，但此刻對崖相距非近，下面絕壑深沉，他將自己的生命，貿然交托於兩個垂髫女環的手裡，那豈非莽撞？

躊躇之間，卻見鐵面孤行客已隔崖大呼：「老弟！你快過來！」

「呼」地一掌，將那勢道已衰的彩帶，重又震得飛了起來，像是一條夭矯而來的神龍似的。

伊風但覺宮燈光影之下，這條彩帶耀目生光，竟不是絲帛之類東西做的。

萬天萍呼聲方住，對崖卻又傳來一聲嬌呼：「你要不要我過來接你，這裡……」

呼聲未了，伊風已自長笑掠起，寬大的衣衫，並未掖起，是以衫角飛舞，他如乘風一般。

他雙手一搭上這條彩帶，果然入手清涼，似金似鐵。閣上的兩個女環，口中俏喝一聲，四隻白生生的手腕，向上一抬，這條彩帶便又猛地回卷而去。伊風真氣猛提，不等這條彩帶的回卷之勢發滿，頎長的身軀，便自凌空直去。

他身形本自半躬，此刻長身張臂，身形便又倏然上升五尺，然後頭下腳下，箭也似的躥向那燈光如畫的飛閣上。

翠裝少女淺笑嬌呼：「好身手！」

鐵面孤行客也自長笑掠起。

這三人的身形，便幾乎在同一剎那裡，落在那飛閣上面。

倚欄而立的中年婦人，右手仍然倚在那垂髫女環的肩上，低歎一聲，道：「天萍！你才回來呀？」

無限惆悵，無限相思，也不需太多的言辭表露，就是這寥寥數字，就連伊風心中也不禁為之黯然！

他側目而望，只見萬天萍的一張鐵面上，情感激動不已。往前大邁一步，輕輕握著那中年婦人的右手，怔怔地卻說不出話來。

千言萬語，便在他們這凝目一視中，表露無遺！

那中年婦女羅袖微揚，輕輕拂了拂眼角，強笑道：「想不到你這次回來，還帶來一位客人。唉！十年來，我們幾乎已經忘了這世上除了我們幾人之外，還有別人了。」

伊風暗中感歎一聲。

目光閃處，只見這中年婦人高綰鬢髮，形容憔悴，本是清澈的雙眸，此刻眼角已滿布魚尾，歲月催人，年華不再，這婦人的大好年華，就全在這種寂寞的歲月中銷蝕了！

萬天萍微歎一聲，亦自強笑道：「這是拙荊，這位是蕭無蕭老弟。唉——慧琪！你我今番能得再見，若不是這位蕭老弟，只怕我早已喪命了。」

這鐵面孤行客的妻子，便深深向伊風福了下去，伊風連忙謙謝還禮，心中卻不禁暗忖：「想不到鐵面孤行客這種魔頭，卻有妻子如此！這要對別人去說，又有誰能相信呢？」

他目光再一轉，轉到那幾個垂髫女環身上。只見這幾個遠遠望來，俱似稚歲的女子，竟已俱都面有魚紋，年紀都有三十歲了，眉梢眼角，憂色重重。原來這些少女，自垂髫稚歲而來，到現在已有十多年了，雖然裝束未改，但心境之淒涼蒼老，又有誰能體味得到的哩！

一條蜿蜒的石階，直達地面。鐵面孤行客夫婦，拱手迎賓；那幾個已是半老徐娘的垂髫女環，手裡挑著宮燈，款款行下。

伊風走在前面，耳中只聽見那翠裝少女，不停地嬌笑而語：「我和娘先前聽到您的嘯聲，還不相信是爹您真的回來了呢。爹！您不知道，兩年多前，有一次貓頭鷹在外面夜啼，我還以為是您回來了呢！」

伊風暗中一笑。但也不禁覺到這笑聲，是含著悲哀而淒涼的意味的；就連自己這局外人，也為之黯然。

但他再一想到自己，還是不知道這鐵面孤行客，將自己帶到這裡來，到底是為著什麼。他不禁暗暗感歎著造化的弄人，為什麼竟將自己易容後的面貌，偏偏弄得和那蕭無一樣！世間巧合雖多，又再有什麼能和此事相比呢？

於是他的思潮，又不禁轉到那一雙曾替自己帶來這種無比奇妙遭遇的纖手上。

當時又有誰能想到，那雙纖手的微一撥弄，就在自己的生命中，種下了如此巨大改變的種子呢？

他唏噓地歎了口氣，忽覺肩上有人輕輕一拍，一個嬌柔的口音道：「喂！你走錯了。」

伊風回首，但見那翠裝少女的一張嬌面，正自微微含笑；一雙秋水為神的俏目，也正含笑凝睇著自己。

鐵面孤行客朗聲一笑，道：「蕭老弟遠道而來，虹兒！你得好好照顧照顧人家！」

那少女輕輕伸出纖手，掩口一笑，道：「你跟著我來！」

嬌軀一扭，婀娜行去。伊風望著她的背影，心裡卻不禁泛起另一人的影子。但天涯茫茫，伊人無訊，她此刻究竟在哪裡呢？

這鐵面孤行客果然不愧為一代梟雄，他不但在這常人連登臨都極為困難的地方，建下這種樓閣；而且樓內裝飾之華麗，亦足驚人。

那翠裝少女婀娜行到樓宇下，纖手微推，忽地呀的一聲，推開一重門戶，立刻有淺綠的燈光，由裡面映了出來。

萬天萍微笑肅容，伊風緩步而入，但見屋內滿眼俱是巍巍的紺碧色，陳設雖然不多，但就那一張龍鬚席的矮榻，錯落的幾個錦墩，一個百年樹根雕成的高腳架子，上面一爐檀香，仍未點完，嫋嫋地升起香煙，壁綾、窗紗、燈紗一色，全是碧綠色的；再加上那翠裝少女的身影，四角陳設的盆花，就將這間並不太大的廳堂，變得猶如圖畫。

一個垂髫女環從屋裡一重門內，捧著一個青玉瓷盤走了出來，把盤中四杯香茗，放在伊風身側的小几上，轉身向那中年婦人低低說了幾句，那中年婦人淺淺一笑，道：「你這妮子，越來越笨了！當然要準備些酒菜，還用得著問我嗎？」

萬天萍哈哈一笑，道：「珊珊這孩子，也長得這麼大了！怎麼還是穿著這種衣裳？唉——十年了！想不到這地方還是一點兒都未變，只有大家，唉——卻全都老了！」

這素來無動於衷的鐵面孤行客，此刻忽笑忽歎，顯見其心中之情感，也正波動甚大哩！

翠室生香，淺笑宜人，這荒林密樓裡，雖然淡淡地有著一層感懷歲月的憂鬱，但這層憂鬱，卻掩不住久別重逢的欣喜。

伊風發現這鐵面孤行客，也和常人一樣，是有著情感的，心中不覺對他生了幾分好感。

但是一想到此人在無量山巔，武曲星君的秘窟裡的那種猙獰面目，卻又不禁凜然！

「他若是發現我並不是他的救命恩人蕭無時，那他該會對我怎麼樣呢？」

伊風不自覺地這樣想，抬頭一望，只見萬天萍一雙利目，正自含有深意地望著自己。而那翠裝少女一雙明若秋水的眼睛，卻也在眨也不眨地望著自己哩，伊風的心不覺微微顫抖了一下。

在這溫暖如春的華室中，他不由自主地升起了一種奇怪的想法：「難道這萬天萍把我帶到此間來，是為著他的女兒？」

他無可奈何地微笑一下，卻聽萬天萍笑道：「蕭老弟！數十年來，武林中人都稱老夫鐵面，但老夫一見了老弟，卻覺得鐵面這兩個字，用來形容老弟，才是最恰當的呢！」

伊風不禁暗中好笑，知道自己任何情感的表露，都已被面上的這張面具，密密地掩飾起來。自己即使面露微笑，然而在別人看起來，卻仍然是全然無動於衷的。至於其他的任何一種表情，別人自然更無法看得出來了。

其實放眼天下，面上戴著面具的，又何止他一個哩？

那些人面上所戴的面具，質料雖然和他面上的這張絕不相同——那些是用世故、虛偽，甚或是矯情這一類東西做成的。

然而它們的性質，卻是完全一樣的——欺騙別人，掩飾自己。

正當伊風的腦海裡，混淆著這些頗難理解的問題時——他發覺一杯熱氣騰騰的茶，被端到他面前。青玉的茶杯，翠綠的茶水，再加上那只端著茶杯的春蔥般的柔荑。

他不禁出神地望在這幅絕美的圖畫上了，卻聽一個嬌柔的聲音笑道：

「喂！喝茶嘛！我叫萬虹，是我爹爹的女兒——」

說到這裡，這嬌美的少女，不禁「噗哧」一笑。

但隨即又一本正經地接著道：「你對爹爹那麼好，我很感激你！以後你有什麼事，我也會幫你的忙的。」

兩隻明亮的眼睛，閃動得有如春夜的晚星；面靨上的一雙酒窩，又禁不住像是春水中的漣漪似的，蕩漾了起來。

伊風接著茶杯，訥訥地說不出話來，耳中但聽見萬天萍得意的笑聲。

於是，他知道：此來西梁山，本是好奇，但這份好奇，卻又為自己帶來麻煩了。

第五九章　咫尺天涯

伊風在這翠色的華室中，啜著翠綠色的熱茶的時候，也正是蕭南蘋在山窟裡慘遭蹂躪的時候！

此刻伊風又怎會知道，一個純真多情的少女，已為了自己，喪失了她一生中最值得珍貴的東西呢！

這天晚上，伊風成了萬天萍夫婦殷殷垂詢的對象，他也只有訥訥地應付著，直到清晨，他才被安排在一間同樣翠綠、同樣華麗的臥室裡，獲得了他極為盼望的歇息機會。

可是，等到他發現這間臥室，就是那翠裝麗人萬虹的閨房時，他的思潮，不禁又開始紊亂起來。

他這一生中，許多重大的改變，幾乎都是為了女子。

在他沒有認識薛若璧以前，他原是一個在情感上完全空白的男子。

可是等到他在那江南如畫的小橋上，邂逅了薛若璧之後，他的生命，便因之而完全改變了，變得充實而多彩起來。

只是這一段充實而多彩的生命，延續得並不長久，於是他失望、空虛、頹廢、痛苦了！

他也開始知道，情感上的折磨，遠非任何其他的痛苦，能夠比擬的！

當一個男人發現自己深愛著的人，並不值得自己深愛，也根本沒有愛著自己的時候，那種失望，甚至比絕望還來得更要強烈些！

以前一切，他們認為美麗的事，於茲便完全變為醜惡；山盟海誓的真情，也變成了虛情假意的欺騙。

這其間的距離，日子相距得漫長些，也較為好些；若是變化來得如此突然，那麼這種痛苦，就不是任何人能夠忍受的了！

伊風，他卻忍受過這種痛苦。當然，他也曾給過別人痛苦，然而那卻全都不是發於他本心的。

尤其是蕭南蘋，他何嘗不知道這驕縱的少女，一旦變為溫柔，就完全是因為她已深愛了自己；但是這份深情，他卻難以接受。

而此刻，他從那翠裝少女萬虹的眼波中，發現了又有一個少女，愛上了自己，而這份情感，甚至還可以說是這少女的父親促成的，於是這種情形，當然也就更為明顯些。

最糟的是：他知道此刻自己已不是自己！

自己此刻所代表的，完全是另一個人——一個自己寢食難忘的仇人。

這種複雜的情況，便使得他完全困惑了。

他不知道該怎樣來處理這件令他困惑的事，倚在青銅床上的翠綠絲衾中，他落入憂鬱的沉思裡。

照進窗口的陽光，漸漸地退了回去。

他知道太陽越升越高，此刻已將是正午了。

嚴冬的早上居然有陽光出現，本是一件值得欣喜的事。

但是他此刻的心情，卻一絲也沒有分享到這種欣喜。

他悄悄走下床，穿上衣裳，悄悄地走出了這間翠綠而華麗，甚至還淡淡地散發著一種處子幽香的閨房，走到那間廳房裡。

廳房裡也寂無人影，昨夜剩餘的酒饌，此刻都早就收走了。

翠綠絲綢的窗幔，微微飛揚著，今日雖是晴天，卻仍還是有風。

他掖好散落著的衣襟，走出了大廳。

外面果然是無比晴朗的天氣，對面的飛閣，也完全浸浴在晚寒溫暖的陽光裡。

一條碎石砌成的石階，蜿蜒通到飛閣上。

倚著朱紅的欄杆，望著下面的沉沉絕壑，想及往事，他又落入紊亂的思潮裡。

身側突然響起一串嬌柔的笑聲，一陣方才他在那間翠綠的閨房裡嗅到的幽香，又再次衝入他的鼻端。

萬虹帶著溫柔的笑靨，輕輕道：「你晚上睡得好嗎？」

伊風一笑，輕輕將自己那已觸及那溫暖軀體的身子，挪開了一些。

他抬起目光來——一個令他幾乎停止心脈跳動的景象，便驀地湧現到他眼前。

此刻陽光普照，對崖景物歷歷可見，而站在那斷崖之邊，面色蒼白，雲鬢蓬亂，一雙秀目之中，淚光隱現，滿面悽楚之色的正是那一別無音訊的蕭南蘋。

蕭南蘋橫遭困辱，被七海漁子韋傲物一路押到豫溪口，又險被別人所辱，一髮千鈞時，卻找到了救星。

西梁山上幽秘的山窟裡，一夕狂歡的溫馨，她失去了生命中最重要的一樣東西，卻又像是得到了什麼。

但就在她心情最迷亂的時候，她卻發現已使她生命完全改變的「他」，已經走了。

好容易，歷盡千辛萬苦，她又找到了「他」，卻看了「他」的身側，站著的竟是一個絕美而溫柔的翠裳少女。

她當然不知道昨夜的「他」，並不是此刻的「他」，那麼她此刻的心境，就可想而知了。

隔著那一道沉沉絕望，兩人目光相對，凝視無語！心裡卻各個有一種無法解釋的感覺。

當然，他們的感覺是截然不同的。

萬虹發現身側的人，神色突地變了。

這美麗的少女，一生之中，時光都完全是在這濃林密閣裡度過。

此刻，她已將自己的少女芳心，依依地交給了此刻正站在她身側的年輕人。

因為他是那麼瀟灑，那麼含蓄，雖然你不能在他臉上尋找到一絲笑容，然而你卻可以從他那一雙明亮的眼睛中，找出笑意。

沉默、含蓄，而不輕易發笑的男子，在多情、幻想，而又喜歡發笑的少女眼中，永遠是世上最最可愛的人。

何況這人又是她爹爹的「救命恩人」哩。

此刻，她的一雙明眸，一會兒望著身側的「他」，一會兒望著對崖的「她」。

「她」是誰呢？為什麼會這樣望著「他」？

雖然是極短的一剎那，然而在這三人看來，卻有如無法描述的漫長。

蕭南蘋頓覺天地之大，再也沒有一處可容得下自己。

她腳下虛飃飃的，這世界已不再屬於她，她也不再屬於這世界。

伊風呢？

他奇怪：為什麼蕭南蘋此刻竟然跑到此地來？

過度的驚愕，使得他一時之間，不知道該說什麼話才好。

身側的萬虹又悄語道：「她是誰呀？」

伊風口中咿唔了半句，望了這嬌柔的少女一眼，目光立刻又回到對崖。

哪知——

驀地一聲驚喚，對崖的蕭南蘋，竟像是立足不穩似的，竟向那沉沉的絕壑，墮了下去！

伊風大喝一聲，抓著欄杆的雙手，竟都深深陷入欄木裡去。

只見蕭南蘋的雙手，出於本能地在斷崖的山壁上亂抓，卻什麼也抓不到。

霎眼之間，她已墮下數丈，下面的沉沉絕壑，也如一個猛獸的巨口似的，已將要完全吞噬了她。

伊風來不及再轉第二個念頭，目光微轉，已然望見這飛閣的角裡，正盤著一條彩帶，卻正是昨夜用以迎賓的。

他的手，也立即隨著他的目光，抓到那盤彩帶上，微微一抖，將彩帶的一端交給萬虹，自己卻緊握著另一端，掠出閣外。

這一切變化，在當時真是快如閃電。

萬虹茫然接過彩帶，竟未來得及說話，卻見「他」已像燕子似的，飛掠了出去，兩崖相隔，少說也有五六丈，伊風奮力一掠，離著對崖，卻還有兩丈遠近。但此刻他已全然將生死置之度外——人們在情感的激動之中，不是常常如此的嗎？

他猛提真氣，雙足頓處，飄飄的身形，便又再次前掠，但這時他身在空中，一無依據，身形雖又前掠丈許，但卻已力竭了。

這時他望著對崖，雖然只剩下不到一丈的距離了，但這一段距離，卻生像是無法企及的遙遠。

「距離」，這兩字並不是絕對的名詞，有時萬丈有如咫尺，有時咫尺卻如天涯。

人與人之間的距離，不也是如此嗎？

伊風自幼習武，十餘年性命交修的武功，此刻已全部施展了出來。但是力不從心，就在他換氣之間，他的身形，卻也有如隕石般地，朝絕壑中落了下去。

此刻一片烏雲掩來，掩住了燦爛的日色。大地便突然變得蒼涼了起來。

第六十章　絕壑深情

立在欄邊的萬虹，不禁為之驚呼出聲，一雙纖手，抓住彩帶，再也不肯放鬆。

心中之情思，卻有如怒濤般洶湧起來。

「她是誰呢，他為什麼會這麼捨命地去救她？」

哪知雙手突地一鬆，彩帶的那一端已空無一人，伊風的身形，已如流星般落了下去，下面絕壑沉沉，深不見底。

這初次動情的少女，腦中一陣眩暈，喉間像是突然堵塞住了，連驚呼的聲音都發不出來。

等到她微微定了定神，目光再往下搜索時，她依稀在對面的山壁上，看到一點人影，正緩緩地向下移動著。

只是此刻日光已隱，那人影所在的地位，距離崖頭已有二三十丈，她雖用盡了目力，卻仍然無法分辨得出，這條人影究竟是誰來。

這幾聲驚喚聲，當然已驚動了鐵面孤行客萬天萍，他一掠上閣，沉聲喝道：「什麼事？」

萬虹柳腰一擰，撲進她爹爹的懷裡，含著淚說出了方才的事。

萬天萍不禁也為之面色大變，卻仍然安慰著自己的女兒：「不打緊的！他雖然已落了下去，但憑他的身手，絕對死不了——等會兒爹爹也想法子下去找找看。這麼大的人，還哭什麼？」

他輕撫著自己愛女的秀髮，嘴裡雖是這麼說，其實心裡卻沒有半點把握。身手再高的人，落入這種絕壑裡，若說是絕無危險，那就是欺人之談了。

那麼，此刻伊風和蕭南蘋的命運，又已是落到什麼地步了呢？

方才他微散真氣，身形便不由自主地落了下去。但突地手中又一緊，原來是彩帶已到盡頭。

他臨危之下，神志未亂，此情此景，當然也容不得他來作個詳細的分析，到了這種時候，人們有時便得憑本能決定一切了。

這條彩帶，去勢已弱，自然就又緩緩向飛閣那邊蕩了回去。

於是伊風和對面山崖的距離，自然也越來越遠。他微一思忖之下，雙腳突又向前一蹴。

他的身形，便立刻又向前蕩，這種樣子雖有如垂髫幼童的蕩秋千，但卻是生死繫於一髮，危險得無以復加的情況了。

彩帶的長度已盡，他再也不去思考便抓著自己的身形和山壁最近時那一剎那，縱身向山壁飛掠了過去。

壁間雖然寸草不生，但卻凸凹甚多，也偶有些裂隙——須知蕭南蘋方才神志已為情所亂，落下去時，自然什麼也抓不著。

然而此刻的伊風，卻絕未因自己處境的危險，而絲毫慌亂。

他心中的唯一的一個念頭，就是找著蕭南蘋，甚至是她的屍身。

到了這種時候，人們的真性情，便會毫無保留地顯露了出來，尤其是像伊風這種性情男子，有時常會將「生死」兩字，拋在一邊。

他一雙鐵掌，緊緊攀在山壁上，憑著一口真氣，緩緩向下移動著。

這山壁壁立千仞，他自己也不知道自己能不能到達盡頭；但他卻知道只要自己一失手，那麼自己便要到達生命的盡頭了。

突地，一陣若斷若續的呻吟之聲，傳入他的耳裡，他精神反倒一振。

須知在這種地方，當然不會有別的人類。那麼這呻吟之聲，自也必然就是蕭南蘋發出來的。

這呻吟之聲，也無疑告訴了他，蕭南蘋也並未死去。

但是他心中這一喜，手間一滑，一塊小小的山石，從他身側落了下去，帶起一連串輕微的響動，卻聽不到落到地上的聲音。

他只覺一陣冷意，直透背脊，全身也禁不住冒出一陣冷汗，忙自收攝神志，再也不敢有半點疏忽。

又往下滑了約摸二十餘丈，斷續的呻吟聲，入耳也越發清晰。

他不禁奇怪，這山壁一下千丈，中間絕無一塊可以容身的地方，蕭南蘋像隕石般墮下去的身子，怎會在半途停住呢？

於是他左手五指如鉤，深深插入一道橫生的裂隙裡，再偏起右面的身子，俯首下望，只見距離自己腳步，不過數丈之處，竟是一片荊棘。

而蕭南蘋那斷續的呻吟聲，便就是從這片荊棘間發出的。

等到他再下降數丈，他不禁脫口驚呼出來。

只見那一片叢生的荊棘，中間已有一處被壓了下去，一雙血跡淋漓的手掌，緊緊抓著荊棘，最先進入伊風的眼。

接著，他看見蕭南蘋那張本是無比秀美的面龐，此刻竟也滿是血跡，鮮血已染得她的臉，根本已分不出原來的膚色來。

伊風只覺全身一軟，雙手險些又把持不住。

眼中頓時也迷濛了起來，不知是絕壑深處的霧氣，抑或是眼中湧出的淚珠。

他定了定神，目光四掃，口中沉聲道：「南蘋！別怕！我來了。」

他看到蕭南蘋失神的眼睛，由下面望了上來，望到了自己，也聽到這癡情的少女微弱的聲音，在斷續地說道：「南……哥……剛才，剛才那個女孩子……是誰呀？」伊風只覺心底的情感，翻江倒海般湧了上來，在這一剎那裡，他渾忘了一切，心中所感受到的，唯一只有蕭南蘋對自己的深情！

於是他強笑了一下，道：「南蘋！不要傻！那是我一個朋友的女兒。」

一個安慰的笑靨，浮上了蕭南蘋的臉；她滿面的血跡，都生像是因著這個笑靨，而變得有如玫瑰花汁般的鮮豔。

她悄然閉上眼睛，低低地說道：「那……我就……放心了，我……還以為你……喜歡她哩。」

伊風眼中的迷濛，更加深重了！

他幾乎要不顧一切地跳下去，和這個深愛自己的女子，擁抱在這一片叢生的荊棘裡。

自古以來，又有什麼東西，比純真的情感，更為可貴呢？

他的喉頭哽咽了。

但他為了這一份純真的情感，更要珍惜自己和她的性命。

此刻已是殘冬。

春天就要到了。他要和她一齊享受那光輝燦爛的春日，享受生命的大好年華，享受這一份純真的情感。

於是他哽咽著說道：「蘋妹！振作些，不要亂想！等我把你拉起來。」

她倒握著雙手，往荊棘中滑去。

他發現自己已經流下淚來，清澈、晶瑩的淚珠，沿著他的面頰，輕輕滑落下去，一滴、兩滴，滴在他的衣衫上。

「丈夫有淚不輕彈，只因未到傷心處。」然而他此刻並非傷心，而是深深地被這種真情所感動，人們之所以流淚，原非一定是為著悲哀呀！

他找著另一條橫生的裂隙，將自己的手掌插了進去。數十年從未間斷的訓練，雖然使得他手掌有如鋼鐵一般堅硬，但此刻，他仍然感到一陣陣深入骨髓的痛苦。

只是這種痛苦強烈程度，卻還比不上他心中所感受到的，那種滲含著悲哀的喜悅的千萬分之一。

於是他緩緩躬下身子，一隻手緊抓著山壁，一隻手探入荊棘，微一咬牙，狠了狠心，抓著蕭南蘋的頭髮，提了上來。

蕭南蘋低低呻吟一聲，道：「南哥哥！你放心！只要你來了，我就不要緊了。我……根本沒有受什麼傷哩。」

這癡情的少女，此刻果然已經恢復了生存的勇氣，也恢復了對「死亡」搏鬥的精力，就算說話的時候，也比方才振奮得多，已不再是斷續的了。

伊風但覺手提處宛如無物，不禁安慰地微笑起來。他知道她的輕功，並未失去，滿面滿手的血跡，不過只是表皮的擦傷罷了。

於是他們便又緩緩地，掙扎著，向上面爬了上去。

伊風仰目而視，他們距離崖邊，雖然有著數十丈的距離，但他相信：憑著自己和蕭南蘋的功力，就算再遠些，也可以爬得上去的。

方才掩住日光的那塊烏雲，此刻已走到不知哪裡去了。

伊風但覺天地之間，又充滿生機，自己每向上移動一尺，那麼自己距離幸福也就近了一尺。

第六一章　昨夜淚痕

但無論如何，伊風也知道，從這面到崖邊，是一段非常艱苦的行程。

他目光側視，心中不禁又是一陣黯然！他身側的蕭南蘋，此刻不但手上、臉上，就連身上，都到處染滿了血跡。本已蓬亂的青絲，此刻自然更是蓬亂。一身衣衫，也是七零八落的了。

但是這癡情的女子，心中卻有無比的快樂，這種快樂，使得她將任何肉體上的痛苦，都不再放在心上。

「昨夜的『他』，果然就是『南哥哥』。」

她心底翻湧起的快樂和溫馨，即使用盡世間所有的言辭，也無法形容得出來的。

何況她此刻也知道，南哥哥是對她有著真情，不然，他怎麼會冒著死亡下來救自己呢？

於是她又笑了，側轉頭，輕聲道：「南哥哥！你累不累？要不要我扶你一把？」

伊風笑著搖了搖頭，輕輕伸出一隻手，扶著她的腰肢。他知道此刻需要幫助的，絕不是自己，而是自己身側的她。

他一生之中，雖然始終沒有練過「壁虎遊牆」這一類功夫；但此刻，卻有一種無比強大的力量，使得他能將這種頗為高深的輕功，運用得無比曼妙！這當然也基於他本身深湛的功力。

就等於一個精於楷書的人，即使未習行書，但卻仍然一樣地可以很精練地寫出行書來。

路程雖然艱辛，但無論任何一條路，卻總有到達的時候。

當伊風托著蕭南蘋的腰肢，將她托上了崖邊，自己也翻身而上時，他自認已是世上最疲勞的人了。

仰臥在崖邊，他深深地喘口氣，將體內的真氣，緩緩調息一遍，然後睜開眼來。

蕭南蘋仍然靜臥在他身側，天上白雲蒼穹，陽光依舊，他知道這不是夢境，於是一陣幸福的感覺，便立刻瀰漫了他全身。

他將身軀轉了一些，目光溫柔地投在蕭南蘋身上，她一件淺紫的衣裳，此刻已經變得幾乎成了灰黑色了。

前胸的衣裳已完全破爛，露出裡面輕紅的褻衣來，成熟的胸膛，仍在劇烈地起伏著，衣裳上鮮紅的血跡，在陽光下更分外奪目。

於是，伊風的目光，便依循著她身軀的弧線，落在她的臉上。

這張臉的輪廓是那麼美秀，但是當伊風的目光凝注在這張美秀的臉上的時候，他便再也控制不住自己，猛地翻身掠了起來！

這張美秀的臉上，此刻竟布著傷痕，一條一條，縱橫錯落！細緻的皮膚，向兩邊翻起，露出裡面鮮紅的肉來。

有的血塊已經凝結了，凝結在翻開的皮肉上面。有些傷痕較深，裡面仍在沁著血珠。這張美秀的面孔，此刻竟有無比的醜惡！

蕭南蘋悄然張開眼來，看到意中人正在俯視著自己。

於是這癡情少女便溫柔地笑了起來，微笑牽動了她面上的傷痕，使得她感到一陣痛楚，但此刻這種痛楚，在她看來，又是多麼輕微呢！

她伸出手，春蔥般的玉手，此刻更是滿布創痕。有的地方，甚至已露出骨來。

她就用這雙手，溫柔地握著了伊風的手掌。

「你不多歇息一下呢！你看！你的眼神，多難看……」

她微微喘息一下！心胸間但覺滿是柔情，微笑著又道：「今天早上我一醒來，看不見你，你不知道我心裡有多難受，我……」

她羞澀地笑一下，又道：「我還以為昨天晚上的不是你呢，還以為是那個該死的蕭無。南哥哥！把你臉上那個鬼東西揭去好不好？讓我看看你本來的樣子。唉——我真恨你臉上那鬼東西，害我擔了好半天的心。」

這多情而溫柔幾句話，被這癡情的少女嬌弱地說了出來。

但是對伊風來說，這幾句話卻比晴天霹靂，還要驚人！在這一瞬間，他的思潮，又全然變為混沌，理不出一絲頭緒來！

而蕭南蘋呢，這一無所知，已開始憧憬著未來幸福的少女，卻仍溫柔地笑著，輕輕地說著：「昨天晚上要是你不來，我……我真不知道該怎麼好了。」

她又羞澀地嬌笑一下，接著道：「可是你來了，我……實想不到你這麼……壞！南哥哥！從此以後，不要離開我好不好！我……我已經是你的了。」

伊風已從混沌的思潮裡，整理出一個頭緒來；他已從她的話中，猜出了昨夜究竟是怎麼回事，但是他卻不忍相信這是事實。

因為這一切對這多情少女說來，是多麼殘酷！

「噗」的一聲，他跪了下來，跪在這多情的少女面前，喉頭也哽咽著，說不出了話來。

蕭南蘋嬌軀輕輕扭動一下，不依著道：「你看你！我叫你做的事你都不依我，把臉上那鬼東西拿下來嘛！」

伊風目光在她那傷痕滿布的臉上，轉動了一下，心中長歎了口氣，茫然將面上這張造成無數事端的面目，揭了下來。

於是一張痛苦而扭曲的臉，便呈現了出來。

此刻在他心中混淆著一種難言的情感，連他自己也分析不出是悲痛、憐惜，抑或是憤恨！

但無論如何，他又怎忍心說出昨晚的「他」，並不是自己？

又怎忍心讓這多情而可憐的少女，在昨夜未乾的淚痕上，又添上一道新的？

何況以他多年闖蕩江湖的經驗，他知道她面上的這些傷痕，縱然痊癒，卻也不會平復得了。

當一個美麗的少女，發現自己的容貌，已不再美麗的時候，那麼她內心的悲痛，已是足夠令她慽恨終生的了，他又何忍再為她加上一分更強烈的痛苦！

在他揭去自己面目的這一剎那，他已自決定，寧可自己忍受一切，卻絕不讓這多情的少女，再受屈辱了。

而且他認為自己這決定，是全然正確，而別無選擇的。自己縱然痛苦，這少女對自己的這一份足以感動天地的真情，卻已夠彌補一切了！

於是他更深深彎下腰，帶著一份含淚的笑容，俯視著她，道：「南蘋！以後不要胡思亂想了，昨天晚上不是我是誰呢？」

他看到她面上泛起花般的笑，這笑使得她面上醜惡的傷痕，都似乎變得無比的美麗。

於是他就接著往下說道：「你在這裡好好休息一下，閉起眼睛來，等一會我就把你帶下山。唉——今天早上……今天早上，我不知道你那麼早醒來，所以我才來這裡找個朋友，卻想不到發生了這些事……」

他承受了無比的痛苦，將一份並非自己應該承擔的罪孽，承當了下來。

因為此刻他只要能看到她面上泛出笑容，那麼也就是他自己在笑了。

但是，為一個自己所深惡痛絕的仇人，承當了這份本已使他萬分痛苦的罪孽，這又是一種多麼深邃的痛苦哩！

第六二章　恩怨難分

哪知——他背後突地傳來一聲陰森入骨的冷笑。

伊風眩然四顧，一張毫無表情的鐵面，正以無比森冷的目光，在凝視著他。

兩人目光相對，只見這「鐵面孤行客」嘴角牽動一下，冷笑道：「原來是你，真想不到，老夫一生闖蕩，卻教你騙了不少時候。」

伊風右手緊握著方自面上揭下的面目，全神警戒著。

那蕭南蘋愕然睜開眼來，見到這面帶寒意的萬天萍，心中亦為之大驚。

雖然她不認識萬天萍，但見了這種情狀，卻也知道這人必定對伊風有著敵意，因之她一撐雙肘，強自掙扎著爬了起來。

伊風微一挺腰，身軀已筆直地站在地上。他雖已知道——此刻這萬天萍已認出自己的本來面目，必定會有麻煩，但他仍安慰著她道：「南蘋！沒關係，你歇著好了。」

語猶未竟，那萬天萍已冷笑道：「不過老夫也的確有些奇怪，你這小子難道是豬油蒙了心，卻將老夫從山窟裡救出來做什麼！」

伊風後退半步，擋在蕭南蘋身前，目光瞬也不瞬地瞪在萬天萍的一雙手上，突地仰天長笑了起來。

這一笑，卻不禁使得那鐵面孤行客面上，也微微變色。

伊風笑聲一頓，神色又復凜然。他在這突來的長笑之後，竟還是一言不發，生像是他方才的這次長笑，根本是毫無意義似的。

萬天萍目光一凜，伊風目光凝住。

哪知就在此刻，絕崖邊突地一聲嬌呼，一個翠綠衣裳的人影，翩然掠了過來。

這翠色人影，腳尖一沾地面，立刻滑到她爹爹身側，彷彿是生怕她爹爹猝然出手似的。

但是等到她一雙俏目，轉到伊風臉上時，她卻又不禁為之驚呼出聲來，伸出一隻春蔥玉指，指著伊風，驚道：「你……你這是怎麼回事？」

伊風左手微揚，將手中的人皮面目，迎風招展了一下，沉聲道：「萬老前輩！這是怎麼回事，老前輩心中想也知道了。小可與老前輩本無恩怨，昨……今晨打擾了老前輩，日後小可必定有補報之處。至於小可為什麼要戴上這張面目，想人生本如遊戲，老前輩亦是達人，小可又何須解釋？只是小可必須聲言的，就是小可對老前輩絕無戲弄之意……」

鐵面孤行客冷叱一聲，一雙鷹目，盯在伊風面上，像是要看透這少年心中究竟有什麼秘密似的。

直至此刻，他還不知道，此刻站在他對面的少年，並不是在無量山巔從武曲秘窟裡救出自己的人——這原是件不可思議之事。

是以他心中不禁奇怪，但面上卻仍森冷如常，冷叱著道：「老夫一生之中，快意恩仇，從未有過一件當機不斷的事。但老夫與你，卻是恩怨難分，按理我若無你之相救，我早已葬身無量山巔那秘窟裡；但老夫之所以被關入那裡，卻也是被你這小子害的。」

翠裳少女萬虹，瞪著大眼睛，在她爹爹身側，本已愕了許久，此刻聽了她爹爹的話，心裡卻越發糊塗了，不知道這究竟是怎麼回事。

伊風面上微笑一下，正待說話，哪知那萬天萍卻又一擺手，接著道：「有恩報恩，有仇報仇，本是老夫終生奉行的八個字，但此刻我若報你的仇，就無法報你的恩，若老夫先報你的恩，再將你殺了，卻又怎麼能算已報過你的恩呢？」

伊風暗中一伸大拇指，暗讚這鐵面孤行客，雖然一生行事，並不光明磊落，但若以這「恩」、「仇」兩字而言，他卻仍然不失是個丈夫。

須知武林中人，衡量人性的尺度，本就和普通人絕不相同，尤其這「恩怨分明」四字，更是被武林中人最看得重的。

鐵面孤行客此刻竟真的像是十分困擾。

伊風冷冷地注視著他，心裡卻也交戰著，不知道該不該將在無量山巔救他出窟，是另有其人這件事說出來。

一陣山風吹來，蕭南蘋更靠近了他些。

他知道自己若一說出此事，這萬天萍想必一定立刻會向自己動手，而自己自忖功力，卻非此人之敵，那麼不但自己此刻便立刻命畢於此，站在自己身後的蕭南蘋，卻也萬萬受不住這打擊的。

但是一個頂天立地的男漢子，卻又怎能假冒別人，來承受恩惠呢？何況這人曾經給過自己那麼深刻而強烈的屈辱。

於是他暗中長歎一聲，反手握住蕭南蘋的手，沉聲說道：「萬天萍！我不妨老實告訴你，從無量山巔的秘窟中救出你的，並不是我。你我之間，雖然本無恩怨，但細說起來，卻是有怨無恩，你若想對我復仇，只管動手就是了，用不著……」

但他的話還未說完，卻已被萬天萍的長笑之聲打斷了。

「有骨氣！有骨氣！」

萬天萍長笑說道：「只是你也未免將老夫看得太易愚弄了，老夫難道還會相信你這鬼話？」

他話聲略為一頓，萬虹已悄悄倚到他身上，低聲說道：「爹爹！你既然又不能報仇，又不能報恩，那你什麼都不報，不就是結了嗎！」

萬天萍目光凜然地在他女兒面上一轉，心中卻不禁暗暗歎了口氣。知女莫若父，他已看出自己的女兒，竟對人家生了情愫。

這雖是自己本來所盼望，甚至是自己所計畫的事，但此刻卻又成了自己的困惱。

他心念數轉，正自委決不下中，突地一個念頭閃過，於是他又一擺手，阻住了伊風張嘴要說的話，冷冷說道：「你也不必再說話了，此刻我心意已決……」

他緩緩伸出食中二根手指來，接著往下說道：「老天一生恩怨分明，對你也絕不會做出忘恩負義的事來，可也不能有仇不報，此刻老夫放下兩條路給你走，你可隨便選擇一樣。」

伊風傲然一笑，冷冷道：「若是我兩條路全不走呢？」

哪知萬天萍根本像是沒有聽到他的話，自顧說道：「這第一條路，老夫憐你還是個漢子，你若拜我為師，那麼你我以前的恩怨，便一筆勾銷，你還可以從老夫處學得許多絕藝。」

他微微一頓：「至於那本《天星秘笈》，老夫也可和你一齊參研。」

萬虹心裡暗暗感激，知道她父親這條路，是完全為著自己說的。她一雙妙目，便關切地落到伊風身上，只望他嘴裡說出一個「好」字來。

哪知伊風冷哼一聲，想也不想就說道：「你且說出第二條路來。」蕭南蘋手掌上的傷痕，雖是其痛徹骨，但她仍溫柔地握了握他的手，芳心之中，大為讚評。

鐵面孤行客萬天萍，卻不禁面目立變，厲聲說道：「這第二條路麼——老夫昔年為了建此密閣，曾將這西梁山，上上下下，全部探查了一遍，才尋著這個所在。」

他語微頓，伊風心裡卻不禁奇怪，這萬天萍怎地在此刻竟說起閒篇來了！

卻聽萬天萍已冷笑接道：「可是在我發現這處所在之前，我卻已到山陰處尋得一處山洞，這處山洞，也和無量山巔的秘窟一樣，只有一條通路。此刻老夫就將你送到這山洞裡，外面用巨石將你鎖在裡面，一個月內，你若能逃出這山洞，那你我之間，恩怨亦可一筆勾銷，否則一月之後，你在那山洞中若還未死，老夫也會將你放出來，不過此後你對老夫的話，卻半句也不能違背了。」

伊風嘴角輕蔑地微笑一下，卻見這萬天萍目光如刀，凝視自己，厲叱道：「這兩條路你若全不接受的話，那麼你就休怪老夫手辣了。」

萬虹輕輕一扯他爹爹的衣袖，嬌聲道：「一個月的時間，太長了吧！爹爹，你老人家等得及嗎？」

萬天萍冷冷一笑，道：「十年之長，在你爹爹眼中，也不過彈指間過，何況短短的一個月哩！」

他目光轉向伊風：「這一個月之內，老夫一定替你守住洞門，除非老夫死了，否則普天之下，不要有一人想進此洞，也不要有一人想得到此刻在你身上的《天星秘笈》。」

伊風暗中微哂，知道這萬天萍雖然表面裝得大方，其實心中還是念念不忘這本《天星秘笈》。

自己一月之後，若是死了，那麼這本《天星秘笈》自然就歸他所有；自己若是不死，那麼自己一生之中，就得聽他的差遣，這本《天星秘笈》，還不是等於他的一樣？

他既說出這種話來，那麼他口中的山洞，必定十分幽秘，是自己萬萬逃不出的。

但是自己若不接受他的條件，那麼說不定自己立時便得血濺此處，而且濺的還不止是他一人的血，還包括了蕭南蘋的。

他心中正自猶疑難定，哪知蕭南蘋突地一扯他的衣裳，極輕聲地說道：「答應他這條路。」

伊風心中一動，知道她此話中必有用意，於是他便哂然一笑，道：「這山洞是在哪裡呢？」

萬天萍袍袖一拂，冷冷道：「跟我來。」

大步向崖下走去，而那翠裳少女萬虹，卻轉向對崖的飛閣，撮口低嘯了一聲。

此刻伊風、蕭南蘋，卻已隨著萬天萍走得遠了。

請續看《飄香劍雨》下

古龍真品絕版復刻 12

飄香劍雨（中）

作者：古龍
發行人：陳曉林
出版所：風雲時代出版股份有限公司
地址：10576台北市民生東路五段178號7樓之3
電話：(02) 2756-0949　　傳真：(02) 2765-3799
封面影像處理：許惠芳
執行主編：劉宇青
行銷企劃：林安莉
業務總監：張瑋鳳
出版日期：2022年12月
ISBN ：978-626-7153-28-4
風雲書網：http://www.eastbooks.com.tw
官方部落格：http://eastbooks.pixnet.net/blog
Facebook：http://www.facebook.com/h7560949
E-mail：h7560949@ms15.hinet.net
劃撥帳號：12043291
戶名：風雲時代出版股份有限公司

風雲發行所：33373桃園市龜山區公西村2鄰復興街304巷96號
電話：(03) 318-1378　　傳真：(03) 318-1378
法律顧問：永然法律事務所 李永然律師
　　　　　北辰著作權事務所 蕭雄淋律師

行政院新聞局局版台業字第3595號 營利事業統一編號22759935

定價：320元

國家圖書館出版品預行編目資料

飄香劍雨 (古龍真品絕版復刻11-13)／古龍著. --
臺北市：風雲時代出版股份有限公司，2022.08　冊；
公分.
ISBN : 978-626-7153-27-7（上冊：平裝）
ISBN : 978-626-7153-28-4（中冊：平裝）
ISBN : 978-626-7153-50-5（下冊：平裝）
857.9　　111009565